CIÊNCIA NO TEMPO

EINSTEIN
E O UNIVERSO RELATIVÍSTICO

José Cláudio Reis
Marco Braga
Andréia Guerra
Jairo Freitas

CIÊNCIA NO TEMPO

EINSTEIN
E O UNIVERSO RELATIVÍSTICO

José Cláudio Reis
Marco Braga
Andréia Guerra
Jairo Freitas

5ª Edição
Conforme a nova ortografia

ATUAL
EDITORA

© Marco Braga
Andréia Guerra
Jairo Freitas
José Cláudio Reis

Copyright desta edição:

SARAIVA S.A. Livreiros Editores
R. Henrique Schaumann, 270 – Pinheiros
CEP 05413-010 – São Paulo-SP
Fone (0**11) 3613-3000
Fax: (0**11) 3611-3308 – Fax Vendas: (0**11) 3611-3268
www.editorasaraiva.com.br
Todos os direitos reservados.

Dados Internacionais de Catalogação na Publicação (CIP)
(Câmara Brasileira do Livro, SP, Brasil)

Einstein e o universo relativístico / José Cláudio Reis ... [et al.]. — São Paulo : Atual, 2000. — (Ciência no Tempo)

Outros autores: Andréia Guerra, Jairo Freitas, Marco Braga.
Inclui suplemento para aluno e professor.
ISBN 978-85-357-0050-3

1. Ciência — História 2. Einstein, Albert, 1879-1955 I. Reis, José Cláudio. II. Guerra, Andréia. III. Freitas, Jairo. IV. Braga, Marco. V. Título. VI. Série.

00-0492

CDD-509

Índices para catálogo sistemático:

1. Relatividade : Ciência : História   509

Coleção Ciência no Tempo

Gerente editorial: Wilson Roberto Gambeta
Editores: Henrique Félix/Elena Versolato
Assessora editorial: Teresa C. W. P. Mello Dias
Coordenadora de preparação de texto: Maria Cecília F. Vannucchi
Preparação de texto: Célia Tavares
Revisão de texto: Pedro Cunha Jr. e Lilian Semenichin (coords.)/Elza Maria
Gasparotto/Célia R. do N. Camargo/Ana Maria Alvares
Pesquisa iconográfica: Cristina Akisino

Gerente de arte: Edilson Félix Monteiro
Chefe de arte: José Maria de Oliveira
Diagramação: Tavares Serviços de Pré-impressão S/C Ltda.
Editoração eletrônica: Silvia Regina E. Almeida (coord.)

Colaboradores

Projeto gráfico: Sérgio Merli
Capa: Paulo Cesar Pereira
Foto de capa: Keystone
Ilustrações: Paulo Cesar Pereira

5ª edição/5ª tiragem
2012

Todas as citações de textos contidas neste livro estão de acordo com a legislação, tendo por fim único e exclusivo o ensino. Caso exista algum texto a respeito do qual seja necessária a inclusão de informação adicional, ficamos à disposição para o contato pertinente. Do mesmo modo, fizemos todos os esforços para identificar e localizar os titulares dos direitos sobre as imagens publicadas e estamos à disposição para suprir eventual omissão de crédito em futuras edições.

Visite nosso *site:* www.atualeditora.com.br
Central de atendimento ao professor:
0800-0117875

Impressão e Acabamento: Prol Editora Gráfica

EINSTEIN
E O UNIVERSO RELATIVÍSTICO

SUPLEMENTO DE TRABALHO

NOME: _____

ESCOLA: _____ ANO: _____

Apresentamos a seguir uma série de questões para que você possa avaliar sua compreensão do texto *Einstein e o universo relativístico*. Após as questões, sugerimos algumas atividades, que visam proporcionar o debate de aspectos mais gerais do tema tratado no livro.

QUESTÕES

1. Quais eram as dificuldades dos físicos do século XIX para explicar a propagação de ondas eletromagnéticas?

2. Qual foi o problema que experiências como a de Michelson-Morley colocaram para os físicos do século XIX?

3. Por que as Transformações de Lorentz não revolucionaram a física, como fez a Teoria da Relatividade?

4. Descreva em poucas palavras o ambiente cultural de Zurique na época em que Einstein lá viveu.

2. *Debate sobre o papel social do cientista*
O episódio da bomba atômica envolve questões polêmicas quanto ao significado da ciência e sua contribuição para o desenvolvimento da sociedade. Promova um debate abrangendo, por exemplo, os seguintes pontos:

- A ciência é neutra?
- A quem serve a ciência?
- Quais são as responsabilidades dos cientistas sobre suas teorias?
- Devem existir limites à atividade científica?
- Qual a relação entre ética e ciência?

3. *Discussão sobre o livro e o filme* A máquina do tempo
Já falamos de H. G. Wells, autor do livro *A máquina do tempo*; existe também um filme norte-americano de 1960, baseado nessa obra, dirigido por George Pal.
Tente encontrar esse livro ou o filme para que você possa comparar as concepções de tempo e espaço ali presentes com as de Newton e Einstein. A partir daí, procure outras fontes e discuta com os colegas a possibilidade de viagem no tempo. Que tal produzir uma revista (com histórias em quadrinhos, por exemplo) ou um filme de ficção científica sobre esse assunto?

4. *Leitura e debate sobre o mito da caverna*
Sobre as concepções a respeito da natureza vale a pena recorrermos ao livro *A república*, de Platão, em que ele usa o mito da caverna para falar sobre o que é o verdadeiro conhecimento.
Esse mito trata da seguinte ideia: imagine que, dentro de uma caverna, existem alguns prisioneiros que estão lá desde a infância. Eles estão acorrentados pelos pés e pelo pescoço, de tal modo que só podem olhar em direção ao fundo da caverna. A eles só é possível ver sombras projetadas sobre uma parede.
Como seria concebida a realidade para esses prisioneiros? Seria o mundo de sombras e sons a que eles estavam acostumados? E se eles fossem soltos e levados para fora da caverna a fim de ver o mundo que nós chamamos de real? Possivelmente, continuariam a acreditar no mundo das sombras, dizendo que esse novo mundo é irreal.
Quanto à Teoria da Relatividade, é como se nos tirassem da caverna, só que nós também não conseguimos aceitar essas novidades, pois nosso espírito parece continuar preso às "sombras" em que vivemos cotidianamente.
Procure saber mais sobre o mito da caverna consultando os livros VI e VII de *A república*, de Platão. Peça a seu professor de Filosofia ou História que oriente a leitura e que coordene um debate sobre o que é o conhecimento.

SUMÁRIO

INTRODUÇÃO

PARA QUE ESTUDAR A RELATIVIDADE? 3
Mas por onde começar? 4

CAPÍTULO 1

A INFLUÊNCIA DA MECÂNICA ATÉ O SÉCULO XIX 5
Alguns limites da física clássica 7
As bases da ciência teórica do século XIX 10

CAPÍTULO 2

EINSTEIN E SEU TEMPO 14

CAPÍTULO 3

DIALOGANDO SOBRE A NATUREZA 18
Algumas questões sobre a propagação da luz 19
Viajando no tempo? 21

CAPÍTULO 4

UM NOVO OLHAR SOBRE OS CONCEITOS DE TEMPO, ESPAÇO E MASSA 26
A dilatação do tempo 28
A contração do espaço 30
Simultaneidade 33
O novo conceito de massa 34

CAPÍTULO 5

RELATIVIDADE GERAL 36

CAPÍTULO 6

O UNIVERSO CULTURAL DO INÍCIO DO SÉCULO XX 42
Repercussões das teorias de Einstein 48

CONCLUSÃO

PARA QUE SERVE A CIÊNCIA 50

LEITURA RECOMENDADA 52
BIBLIOGRAFIA 53
OS AUTORES 54
LINHA DO TEMPO 55
A CIÊNCIA NO TEMPO DE ALBERT EINSTEIN 58

"Agora estou inteiramente satisfeito e não duvido mais da validade de todo o sistema, tenha ou não sucesso a observação do eclipse solar."

Albert Einstein, em carta a seu amigo Michele Besso, 1914

"O eclipse total do Sol que, em 1919, foi observado na cidade de Sobral, Estado do Ceará, tornou-se muito popular, porque, ao fazer a sua propaganda internacional, Einstein e os seus partidários não deixam nunca de aproveitar aquele eclipse, afirmando que essa experiência confirmou plenamente a teoria, de uma maneira que não podia ser mais satisfatória. O próprio professor, ao passar pelo Rio em março desse ano, afirma: 'O problema concebido pelo meu cérebro, incumbiu-se de resolvê-lo o luminoso céu do Brasil'. Assim, o relativismo aproveita romanticamente o prestígio popular dos primitivos descobridores para fazer a conquista intelectual da América."

Gago Coutinho, pioneiro da aviação, em livro editado em Coimbra, em 1926, contra a Relatividade

APRESENTAÇÃO

Este livro nasceu da vontade de ver a ciência sendo ensinada na escola de forma diferente. De uma maneira que faça com que o aluno perceba que a produção do conhecimento técnico-científico é parte da cultura humana, assim como a literatura, a pintura, a música, o cinema.

Às sextas-feiras os autores deste livro, todos professores do ensino médio, se reúnem num grupo de estudo denominado Teknê. Assim como nos velhos ateliês da Idade Média, onde os artesãos estudavam e trabalhavam o ferro, o bronze, a pedra, no Teknê se estudam a ciência, a técnica, a arte e se trabalha a palavra. Lá não só são lidos e discutidos textos de filosofia e história da ciência e da técnica como também são escritos textos didáticos e ensaios, além de serem produzidas experiências educacionais. Nesse trabalho compartilha-se uma grande amizade. O Teknê é a forma que encontramos de manter vivo um sonho que alimentamos desde os bancos universitários: continuar estudando, discutindo, escrevendo e, acima de tudo, ensinando de forma criativa. Este livro é dedicado a todos aqueles que nos ajudaram na construção desse projeto de vida.

Os autores

INTRODUÇÃO

Para que estudar a
Relatividade?

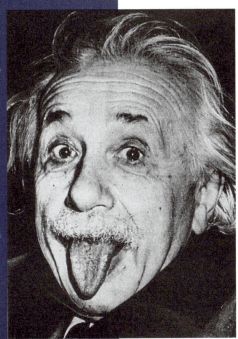

Essa pergunta pode ter diversas respostas, mas certamente todas elas, de uma forma ou de outra, deverão considerar a necessidade de conhecermos as ideias de Einstein, para que possamos compreender o mundo do século XX. Seria um exagero chamar o século XX de o século de Einstein? Talvez. Porém é inegável que a Relatividade e a própria figura de Einstein são emblemas do mundo contemporâneo. Ele entrou em nosso imaginário com as viagens no tempo, com o mito de sua genialidade e mudou nossa realidade com a bomba atômica, apesar de seus ideais pacifistas.

E você, já ouviu falar da genialidade de Einstein? Qual a imagem que lhe vem à cabeça quando se fala desse cientista? Seria esta ao lado?

Essa imagem, tão conhecida, não nos ajuda a entender o que realmente representou o trabalho de Einstein. Talvez até nos afaste de suas teorias. Será que ele foi um gênio? Será que as teorias científicas são possíveis apenas para gênios? Para responder a essas questões e a tantas outras, vamos convidá-lo para um "passeio" pelo final do século XIX e início do XX, e tentaremos compreender Einstein sem nos fixarmos na imagem anterior. Dessa forma estaremos mais capacitados para entender a Teoria da Relatividade, proposta por ele no início do século XX, as dificuldades que enfrentou e, enfim, as novidades que apresentou ao mundo.

Mas por onde
começar?

Sempre que se fala em Relatividade surgem algumas perguntas: O que é tempo? O que é espaço? Você já se perguntou alguma vez sobre o significado desses conceitos?

Aqui reside uma das novidades propostas por Einstein. Para ele, esses conceitos são vazios se não estiverem ligados à ideia de relógios e réguas, ou seja, de medidas. Qual o significado de tempo sem um fenômeno periódico para lhe dar uma duração, como, por exemplo, o movimento de um pêndulo ou o batimento do coração?

Para Newton, tempo e espaço eram pensados de forma independente de suas medidas. Além disso, ele não estabelecia nenhuma relação entre essas duas grandezas. Com Einstein tudo isso mudou.

Como tempo e espaço se relacionam? — você deve estar se perguntando. Tempo é tempo e espaço é espaço, não é óbvio? Sim, mas para Einstein não pareceu ser bem assim.

Comece a se despir de seus preconceitos a respeito do comportamento da natureza para que você possa aproveitar melhor este nosso passeio pelo "universo relativístico".

Mudar nossa maneira de conceber os acontecimentos do mundo não é nada fácil, sobretudo porque fazemos parte dele. Por isso, para compreendermos a Teoria da Relatividade, precisaremos fazer um exercício de libertação de determinadas concepções que, sem perceber, consideramos absolutamente naturais e imutáveis. Tais concepções são construções de nossa mente embasadas nas visões de mundo que já encontramos na cultura em que nascemos.

CAPÍTULO 1

A influência
da mecânica até o século XIX

Em 1687 foi publicado o livro *Princípios matemáticos da filosofia natural*, de Isaac Newton, escrito originalmente em latim e conhecido simplesmente por *Principia*. As teorias sintetizadas nessa obra tiveram grande importância para o desenvolvimento da física.

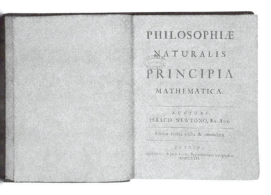

A influência das ideias de Newton foi tão grande sobre a física que por mais de duzentos anos a maioria das explicações dos fenômenos físicos levou em consideração as teorias newtonianas. Isso se deu em quase todos os ramos da física que foram sendo construídos após a publicação dos *Principia*: Mecânica, Termodinâmica, Óptica e também Eletromagnetismo.

Em meados do século XIX, muitos cientistas acreditavam que a física após o surgimento de Newton havia se desenvolvido tanto, que muito pouco faltava por fazer. Para esses cientistas, em breve a física estaria esgotada, pois tudo já teria sido descoberto e estudado. O físico inglês William Thomson (1824-1907), por exemplo — também conhecido como Lord Kelvin, o mesmo que criou a escala termométrica Kelvin —, era um dos que defendiam essa ideia. Para ele, faltavam apenas alguns poucos e simples detalhes para que o conhecimento físico do mundo se tornasse completo.

O século XIX, sobretudo o seu final, foi marcado por um grande otimismo. A ciência era um sucesso. Novidades como a eletricidade, o transporte a vapor e o telefone não paravam de surgir.

Todo esse rebuliço deixava a impressão de que a ciência estava construindo um mundo perfeito. Basicamente por influência da física, ela havia dominado o imaginário social. Acreditava-se que a ciência e o progresso eram o caminho para a libertação dos grilhões do passado supersticioso. A crença de que não havia muita coisa mais a se fazer na ciência, entretanto, não se concretizou. A física sofreu profundas transformações do final do século XIX até os dias atuais. As teorias físicas do final do século XX diferem muito das dos séculos anteriores.

Fora do campo científico, a sociedade também foi profundamente modificada, passando da euforia do progresso tecnológico e científico para a desilusão provocada pelos horrores das duas guerras mundiais que o século XX presenciou. Guerras que mostraram o grande poder destrutivo alcançado pela ciência e tecnologia. Muito provavelmente, nos dias atuais essa desilusão já foi superada, e vivemos novamente uma época de euforia tecnológica e científica.

A tecnologia tem grande influência sobre o comportamento das sociedades. Pode contribuir tanto para seu aprimoramento quanto para sua destruição.

Alguns limites da
física clássica

Para entendermos a grande transformação da ciência no século XX, vamos observar alguns dos problemas enfrentados pelos físicos do final do século XIX. Uma das principais dificuldades deles era a de determinar a existência de um meio material que pudesse explicar a propagação de ondas eletromagnéticas, como, por exemplo, a luz.

Você deve estar se perguntando: O que é uma onda eletromagnética?

Vamos por partes! Primeiro, é preciso entender o que estamos chamando de onda.

Por exemplo, quando tocamos com o dedo seguidamente a superfície da água de uma piscina vemos círculos se propagarem através dela. Esses círculos, que se constituem de oscilações da superfície da água, são denominados ondas. Outro exemplo muito comum para nós é o *som*; ele é o resultado da vibração das moléculas que constituem o ar, que é um dos meios materiais que possibilitam a sua propagação. Nesse caso, as moléculas do meio vibram e transmitem essa vibração para as outras que estão ao lado.

Esses são dois exemplos de ondas mecânicas, que resultam da vibração do meio material. Essas ondas não se propagam no vácuo porque não existe meio material para vibrar.

Existem, porém, ondas que não necessitam de meio material para se propagar, pois elas não são o resultado da vibração de um meio. Essas são chamadas de ondas eletromagnéticas. É o caso, por exemplo, das ondas de rádio (que não são som), dos sinais de TV e da luz. Esse tipo de onda pode se propagar em meios materiais e também no vácuo.

Pense, então, na seguinte questão: Como se propaga uma onda que não resulta da vibração de um meio material? Difícil imaginar, não?

Os físicos da segunda metade do século XIX não admitiam a ideia de que uma onda pudesse se propagar através do vácuo, isto é, do nada. Portanto, acreditavam que era necessário um meio material para sustentar a propagação das ondas eletromagnéticas. Chamaram esse meio de *éter*, palavra que vem do grego. Para os gregos, o mundo terrestre era constituído de quatro elementos: terra, água, ar e fogo; já o mundo celeste seria constituído por um quinto elemento (quinta-essência): o éter. É importante ressaltar que o significado dessa palavra foi mudando ao longo do tempo. Apesar de os cientistas do final do século XIX usarem a mesma palavra dos gregos, eles o faziam com outro sentido.

Para a maioria dos físicos do século XIX, o éter teria para a luz a mesma função que o ar, ou qualquer outro meio material, tem para o som: possibilitar sua propagação através do espaço.

O éter ocuparia todo o espaço e deveria ter características bastante inco-

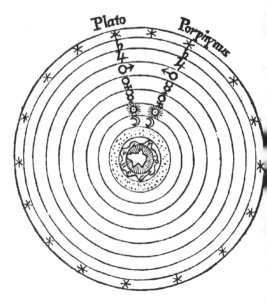

Ilustração do século XVII mostrando um dos sistemas de universo imaginados pelos gregos. A Terra se encontra ao centro, com seus quatro elementos, e ao redor está o céu, constituído pela quinta-essência (éter).

muns. Por exemplo: ele precisaria ser muito rígido.

Vamos devagar!

Você já deve ter visto filmes que mostram pessoas colocando o ouvido no trilho por onde passam trens. Esse artifício é utilizado porque, como a velocidade do som é maior num meio sólido do que no ar, é possível perceber a chegada do trem antes do que se perceberia com o ouvido no ar.

Você deve estar se perguntando: Qual é a relação da história do trem com o éter? Sabia-se que o som se propagava mais rapidamente nos sólidos, porque a rigidez desses materiais é maior que a do ar. Assim, fazia-se a seguinte analogia: se o éter é o meio de propagação da luz e a velocidade da luz é muito maior do que a do som, então o éter teria que ser muito rígido.

Ao mesmo tempo, o éter deveria ser "atravessado" pelos corpos celestes que se movimentariam através dele. Veja, esta é uma característica incompatível com a primeira. Sabemos de nossa experiência diária que quanto mais rígido é um meio, mais difícil é o movimento através dele.

Além do problema levantado anteriormente, o éter apresentava outro. Imagine a possibilidade da existência dele. Nós habitamos a Terra, que se movimenta através do éter, certo? Mas, vejamos: o que acontece quando corremos, por exemplo? Sentimos o vento, porque estamos nos movimentando em relação à Terra. O mesmo deveria acontecer com o movimento da Terra através do éter, não é mesmo? Como participamos do movimento da Terra, deveríamos sentir um vento de éter, ao atravessarmos o mar de éter que estaria à nossa volta.

Mas por que os cientistas criaram a hipótese do éter? Porque os tranquilizava, visto que assim não precisariam explicar como é que uma onda se propaga no vazio.

Por conta das dificuldades de conceber uma onda se propagando no vazio, no final do século XIX um dos grandes problemas dos físicos era detectar experimentalmente o éter. Diversas experiências foram realizadas com essa finalidade, mas nenhuma obteve sucesso. A mais famosa dessas experiências ficou conhecida pelo nome de seus realizadores: Michelson-Morley. Ela foi realizada em 1877 e consistia em medir o efeito do movimento da Terra sobre a velocidade da luz.

Porém, contrariamente às expectativas de todos os físicos da época, as medidas de Michelson e Morley acusaram sempre o mesmo valor para a velocidade da luz: 300 000 km/s. Ou seja, a velocidade da luz parecia não sofrer os efeitos do movimento da Terra através do suposto éter. É como se a velocidade de um barco, medida por um observador parado na margem de um rio, fosse a mesma, independentemente do sentido do movimento do barco. Seria muito estranho, você não acha? O resultado da experiência de Michelson e Morley foi muito difícil de ser explicado pelas teorias da época.

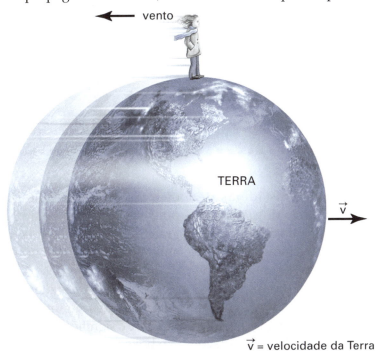

Vento de éter.

$\vec{v}$ = velocidade da Terra

VELOCIDADE RELATIVA

Toda essa problemática de movimentos em relação ao ar ou ao éter está relacionada com a noção de velocidade relativa. Para entendermos melhor esse efeito, vamos pensar num barco se movendo num rio. Uma pessoa está parada na margem do rio observando o movimento do barco. Para ela, se o barco se movimentar no mesmo sentido da correnteza, a sua velocidade será maior do que se ele se movimentar em sentido contrário. Algo parecido deveria aconte-

cer com a Terra e com a luz. Se a Terra atravessa o mar de éter, surge, então, um vento de éter (correnteza). Nesse caso, a luz (barco), ao se propagar a favor do vento, apresentará uma velocidade maior do que quando se propaga contra o vento de éter.

As operações para a determinação da velocidade relativa de um móvel em relação a um referencial feitas pelo procedimento descrito anteriormente são chamadas de *Transformações de Galileu*.

As **bases** da ciência teórica do século XIX

Como já dissemos, as ideias de Newton, após a publicação dos *Principia*, influenciaram o pensamento científico por muitos anos. Ao explicar o movimento dos corpos, Newton trabalhava com três conceitos importantes: *tempo*, *espaço* e *massa*.

Para ele, essas três grandezas eram absolutas. Ou seja, um observador em movimento mediria o mesmo tempo, espaço ou massa que outro que estivesse em repouso. Além disso, para Newton, essas grandezas não tinham nenhuma relação entre si; eram completamente independentes.

É interessante notar que fora do campo científico surgiram concepções diferentes sobre o significado desses conceitos. Veja o boxe a seguir.

NOSSO TEMPO

A MÁQUINA DO TEMPO

Em 1894-1895, o escritor inglês H. G. Wells escreveu para um jornal londrino artigos que se tornaram mais tarde capítulos de seu livro A máquina do tempo, em que ele discute a possibilidade de realizar uma viagem no tempo, apresentando argumentos que se aproximam, em alguns aspectos, dos que viam a fundamentar a Relatividade.

Para entendermos que as noções de espaço e tempo estão presas a ideias do nosso senso comum, vamos recorrer aos argumentos de Wells. Logo nas primeiras páginas do livro, ele apresenta um diálogo entre as personagens Viajante do Tempo, Psicólogo e Filby. Estes dois últimos são convidados à casa do Viajante do Tempo para que lhes seja apresentada a máquina do tempo:

Viajante do Tempo: Vocês precisam me acompanhar cuidadosamente. Vou ter de contrariar uma ou duas ideias quase universalmente aceitas. A geometria, por exemplo, que lhes ensinaram na escola é fundada sobre uma concepção errônea.

Não quero que vocês aceitem qualquer coisa sem um apoio razoável para tanto... Vocês sabem, claro, que uma linha matemática, uma linha de espessura nula, não tem existência real. Ensinaram isso para vocês? Um plano matemático também não tem. Essas coisas são meras abstrações.

Psicólogo: Está certo.

Viajante do Tempo: Nem pode um cubo, tendo apenas comprimento, largura e espessura, ter existência real.

Filby: Aí tenho uma objeção. É claro que um corpo sólido pode existir. Todas as coisas reais...

Viajante do Tempo: Assim a maioria pensa. Mas espere um minuto. Um cubo instantâneo pode existir?

Filby: Não consigo seguir você.

Viajante do Tempo: Um cubo que não dure absolutamente nenhum tempo pode ter uma existência real? Claramente, qualquer corpo real deve se estender em quatro direções: deve ter comprimento, largura, espessura e duração — prosseguiu o Viajante do Tempo. — Mas por uma enfermidade natural da carne, a qual vou lhes explicar em um momento, tendemos a passar por cima desse fato. Há, na realidade, quatro dimensões, três das quais chamamos de planos do espaço, e uma quarta, o tempo. Existe, no entanto, uma tendência a formar distinção irreal entre aquelas três dimensões e esta, porque nossa consciência se move intermitentemente em um único sentido, ao longo dessa última dimensão, do começo ao fim de nossas vidas.

Como podemos ver, Wells apresenta uma ideia interessante sobre o tempo, próxima da que Einstein irá introduzir na física, apesar de o livro do escritor inglês ser uma ficção. As ideias preconcebidas são com certeza a maior dificuldade para o entendimento da Teoria da Relatividade.

Se você deseja compreender o significado dessa teoria, vai ter que reaprender alguns conceitos.

Os físicos do final do século XIX sentiam dificuldade em se libertar da ideia de que era necessário existir o éter para sustentar a propagação luminosa. A grande maioria optou por admitir a existência dele e tentar resolver os inúmeros problemas teóricos apresentados por essa concepção. Para entender melhor essa situação vamos nos aproximar de dois grandes físicos: Hendrick Lorentz (1853-1923) e Henri Poincaré (1854-1912).

Poincaré foi um grande cientista francês que viveu intensamente a crise da física no final do século XIX e início do século XX. Ele não acreditava que física estivesse pronta. Em 1904, durante o Congresso Internacional de Artes Ciências em Saint Louis, nos Estados Unidos, proferiu uma palestra (Os princípios da física matemática) com a intenção de mostrar vários problemas que permaneciam sem solução para a física. Discutiu na ocasião assuntos como a hipótese do éter, a velocidade da luz etc. Em determinado momento, ele pergunta:

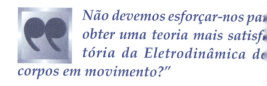

Não devemos esforçar-nos para obter uma teoria mais satisfatória da Eletrodinâmica dos corpos em movimento?"

Curiosamente, a *Eletrodinâmica dos corpos em movimento* foi o título do artigo de Einstein de 1905, que propõe as bases da Relatividade Restrita.

Poincaré tinha grande conhecimento dos problemas da física e, na citada palestra proferida em 1904, encaminhou s

Henri Poincaré.

ções para alguns deles. Tais soluções am muito próximas das que Einstein iria ropor um ano depois. Todavia Poincaré ão aceitou as consequências físicas desas soluções e as recusou.

Você entende essa afirmação?

As soluções que Poincaré apresenu, e não aceitou, mudavam completaente alguns conceitos da física aceitos aquela época. Por isso ele preferiu fiar com os conceitos antigos a aceitar s mudanças.

Não foi apenas Poincaré quem cheou a ideias próximas às de Einstein; um físico holandês chamado Hendrick Lorentz, o comentar os resultados da experiênia de Michelson-Morley, propôs novas ansformações de velocidade para a luz ue não eram compatíveis com as de alileu.

O que isso significa?

Como vimos, as transformações de elocidade tratam da determinação da veocidade dos corpos em movimento reativamente a outros. É como na situação anteriormente citada do barco se moimentando em relação a uma pessoa arada na beira de um rio. As Transforações de Galileu, que tratam de adições e subtrações de velocidades, semre foram aplicadas no estudo de situações como essa do barco. No entanto, ara explicar os resultados da experiênia de Michelson-Morley, esse procedimento não dava certo. Por isso, novas ransformações de velocidade eram necessárias.

Assim, Lorentz criou essas novas ransformações, hoje chamadas de *Transormações de Lorentz*. Elas se aplicam pereitamente aos postulados da Teoria da Relatividade. São, inclusive, usadas hoje em dia no estudo dessa teoria. Não vale a pena, entretanto, nos estendermos nessas explicações, pois elas exigiriam um grande trabalho matemático, o que foge ao objetivo deste livro.

Talvez, então, você faça a seguinte pergunta: Por que Lorentz não propôs a Teoria da Relatividade? Não é fácil dar uma resposta conclusiva, mas, mesmo correndo o risco de sermos simplistas, podemos dizer que Lorentz, assim como Poincaré, também não conseguiu se libertar da concepção do éter.

Como Lorentz não descartou a ideia do éter, enfrentou muitas dificuldades para explicar os resultados de suas transformações, chegando a levantar onze hipóteses explicativas em seu artigo, também de 1904. Entretanto, o grande número de hipóteses dificultou a aceitação de suas ideias como resposta à experiência de Michelson-Morley.

Hendrick Lorentz.

CAPÍTULO 2

Einstein
e seu tempo

Em 1905, um ano depois da palestra de Poincaré e do artigo de Lorentz, um físico desconhecido no mundo acadêmico escreveu um artigo, com apenas duas hipóteses, que mudou a história da física. Ele achava que os fenômenos da natureza eram simples e que suas explicações também o deveriam ser. Esse físico alemão, radicado em Berna, na Suíça, chamava-se Albert Einstein. Ele sentia-se incomodado com a teoria do éter, pois em sua concepção as explicações dos fenômenos da natureza deveriam ter o menor número possível de hipóteses. Assim, recusou as hipóteses sobre a existência do éter e propôs uma teoria que superou algumas das dificuldades que a física atravessava no final do século XIX.

Einstein nasceu em 1879, em Ulm, e viveu num ambiente escolar bastante repressivo na Alemanha do final do século XIX. Isso talvez tenha gerado um espírito avesso à autoridade. Ele sempre se rebelou contra o autoritarismo do ensino alemão, tornando-se um autodidata.

Aos 17 anos, Einstein muda-se para Zurique e vai estudar na escola politécnica, conhecida por ETH (*Eidgenössische*

chnische Hochschule, Instituto Federal de cnologia). A maior parte das disciplinas ..o o interessavam, pois não tratavam das :scobertas mais recentes da física.

A passagem de Einstein por Zurique) final do século XIX influenciou bastan- sua forma de encarar o mundo, pois a dade, nessa época, tinha um ambiente iltural extremamente efervescente, abri- indo pessoas que no século XX iriam li- rar movimentos revolucionários na iropa: marxistas, anarquistas, etc. Zuri- ie foi palco, portanto, de muitas discus- es acaloradas, não havendo espaço para conformismo. Nesse período também viam lá, entre outros, Rosa Luxemburgo Lênin (veja que interessante: três pessoas : grande importância para o século XX orando na mesma cidade, no mesmo nbiente cultural!).

O estadista e revolucionário russo Vladimir Ilitch Ulianov (1870-1924), mais conhecido como Lênin, transformou de forma definitiva o mundo ao liderar o Partido Bolchevique durante a Revolução de Outubro de 1917, que fez da Rússia o primeiro Estado socialista. Autor de inúmeras obras sobre marxismo, transformou-se na maior referência para o pensamento marxista do século XX. No final de sua vida, sentia-se extremamente preocupado com os rumos que a Revolução estava tomando na Rússia.

socialista Rosa Luxemburgo nasceu em 1871, na olônia. Por suas atividades políticas teve que deixar sse país em 1889, para não ser presa, fixando-se ntão em Zurique, na Suíça, e mais tarde na Alema- ha. Dedicou toda a sua vida à luta pela implantação o socialismo. Esteve presa durante a Primeira Guer- a Mundial, sendo libertada em 1918. Foi assassinada ela polícia em 1919, em um levante em Berlim.

O aspecto revolucionário do ambiente cultural em que Einstein viveu talvez nos ajude a compreender por que ele deu o passo que outros cientistas — como Lorentz e Poincaré, que estavam tão perto da formulação da Teoria da Relatividade — não conseguiram.

Einstein se formou em 1900 e, em razão de sua postura independente na época de estudante, teve grande dificuldade para conseguir emprego como assistente de professores e cientistas. O primeiro emprego que teve, conseguido no final de 1901, foi no instituto de patentes da Suíça, em Berna, como perito técnico de terceira classe. Durante todo o tempo em que trabalhou em Berna, Einstein continuou desenvolvendo seus estudos sobre a física. Grande era seu isolamento em relação à comunidade científica mundial, não tendo acesso a muitas publicações internacionais nem a encontros científicos.

Apesar desse isolamento, em 1905 Einstein publicou seu primeiro artigo sobre a Teoria da Relatividade. Em 1907, atendendo ao pedido de um editor, que solicitava um comentário sobre as críticas ao seu artigo de 1905, Einstein responde afirmando que seu isolamento da comunidade científica da época o fez conhecer muito pouco do que estava sendo publicado sobre sua teoria.

Devo frisar que, infelizmente, não estou em posição de me orientar sobre tudo o que foi publicado nesse domínio, porque a biblioteca está fechada durante o meu tempo livre. Para além dos meus próprios artigos, conheço um de Lorentz (1904), um de Cohn, um de Mosengeil e dois de Planck. Ficar-lhe-ia muito grato se pudesse indicar-me mais publicações relevantes, caso as conheça."

O domínio a que Einstein se refere é a própria Teoria da Relatividade, que ele havia formulado havia dois anos. Até 1908, ele permaneceu trabalhando no instituto de patentes de Berna. Só em 1909 é que conseguiu seu primeiro emprego como professor associado de Física Teórica da Universidade de Zurique.

O isolamento de Einstein, associado a seu espírito revolucionário, parece ter mais beneficiado do que prejudicado o desenvolvimento de suas ideias. É interessante ressaltar que, durante sua permanência em Berna, ele fundou juntamente com dois amigos — Conrad Habicht e Maurice Solovine — a Academia Olympia, um espaço onde os três discutiam filosofia, física e outros assuntos. Ali Einstein podia elaborar suas teorias, pois tinha com quem discutir livremente suas ideias.

Será que apenas um espírito gen[i]al seria capaz de resolver os problemas l[e]vantados até aqui?

Na realidade, não se trata exatamente de discutir a genialidade [de] Einstein, mas sim de percebermos q[ue] tanto seu ambiente cultural quanto s[eu] relativo isolamento da comunida[de] científica da época o beneficiaram. S[eu] brilhantismo é inegável, porém, ant[es] de tudo, ele foi um pensador que, vive[n]do um momento de crise no seu camp[o] de conhecimento, enxergou a nature[za] de outra forma, propondo uma no[va] maneira de interpretá-la, sem medo [de] errar.

Talvez pareça contraditório [o] fato de Einstein estar relativamen[te] isolado do mundo acadêmico e a[o] mesmo tempo vivenciar a crise do se[u] campo de conhecimento. Mas não h[á] nenhuma contradição nessa situaçã[o,] afinal seu isolamento não era tota[l.] Lembre-se: Einstein cursou uma un[i]versidade. Seu isolamento se dav[a] em relação aos mais recentes debat[es] científicos que estavam ocorrendo ent[re] os cientistas, mas a crise já existia h[a]via algum tempo. Pelo fato de ele nã[o] trabalhar em nenhum centro de pe[s]quisa, estava livre para pensar e de[s]envolver novas teorias, não sofrend[o] muitas influências do meio universitári[o] que estava fortemente ligado ao passad[o.]

A partir da publicação de seu artig[o] em 1905, Einstein começa a ser reconhec[i]do pelos professores universitários euro[]peus. Em 1911, ele se muda para Prag[a] onde se torna professor titular da Unive[r]sidade Karl-Ferdinand. Nessa époc[a] meça a receber convites para lecionar, itos por universidades de diferentes lures. Sua passagem por Praga, entretanto, parece não ter sido muito agradável, e n agosto de 1912 ele está de volta a Zuque, agora como professor da ETH, a esma escola em que havia estudado os antes.

Em 1914, a convite de Max Planck, n dos maiores físicos da época, ele se uda para a Alemanha, a fim de trabaar na Universidade de Berlim. Nessa cide ele permanece até 1933.

Esse é o ano em que os nazistas chem ao poder. Durante uma viagem ao terior, sua casa de verão é invadida, b a alegação de que lá estariam escondas armas do Partido Comunista. Dedo a esse fato e à crescente hostilidade que era vítima em Berlim, por ser deu, Einstein não retorna à Alemanha. ermanece alguns meses na Bélgica, até udar-se definitivamente para os Estaos Unidos, indo morar em Princeton, onde passa a trabalhar na Universidade de Princeton.

Einstein viveu nos Estados Unidos até a sua morte, em 18 de abril de 1955. Nesse país desfrutaria a fase de maior prestígio internacional de sua vida. Durante esse período, ele desenvolve uma intensa atividade pacifista, tornando-se um grande defensor dos direitos humanos.

Vamos agora à teoria de Einstein.

Max Planck.

Einstein, numa charge de 1930.

17

CAPÍTULO 3

Dialogando
sobre a natureza

A Teoria da Relatividade de Einstein foi apresentada em dois artigos, publicados com um intervalo de aproximadamente dez anos. O primeiro, de 1905, apresenta a teoria que ficou conhecida como *Teoria da Relatividade Especial* ou *Restrita*. O segundo, de 1916, introduz a *Teoria Geral da Relatividade*. Vamos começar analisando a primeira.

Um dos pontos de partida da Teoria da Relatividade Especial são as chamadas Transformações de Galileu, que, como você sabe, tratam das velocidades relativas dos corpos quando observados de referenciais diferentes.

Para apresentarmos a Teoria da Relatividade, criamos um hipotético diálogo entre Galileu e Einstein. Recurso similar foi usado pelo próprio Galileu. Ele escreveu suas obras na forma de diálogos entre três personagens: Salviati, que defendia suas ideias; Simplício, que defendia as ideias do filósofo grego Aristóteles; e um leigo curioso chamado Sagredo, que servia de juiz.

O diálogo apresentado a seguir é imaginário: Galileu e Einstein viveram em épocas muito diferentes. Além disso,

"nosso" Galileu tem conhecimentos
física que o verdadeiro não possuía.
r exemplo, conhece teorias que foram
senvolvidas somente após a morte do
rdadeiro Galileu Galilei, em 1642.

Assim, as situações apresentadas
o têm nenhum valor histórico; estão,
rém, de pleno acordo com as teorias
ntíficas de que trataremos.

Vamos supor que, viajando no tem-
, os dois cientistas se encontrem num
ngresso no Brasil, nos dias atuais, pa-
discutir suas ideias. Em nossa imagi-
ção, vamos encontrá-los caminhando
do a lado, pelo centro da cidade do Rio
Janeiro, conversando animadamente,
n meio aos ruídos típicos das grandes
dades.

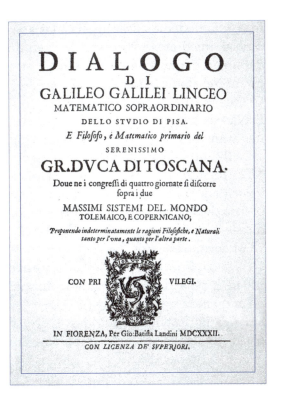

lgumas questões sobre a
ropagação da luz

alileu: Meu caro Einstein, as cidades je em dia estão muito barulhentas, al consigo ouvir a minha voz. Pisa, a dade onde nasci, no século XVI, era uito mais silenciosa. Não sei como as essoas conseguem aguentar tanto ba- lho.

instein: É verdade. Berna, onde morava uando elaborei a Teoria da Relatividade estrita, no início do século XX, também ra muito tranquila se comparada às dades de hoje em dia. Como podería- os evitar ouvir tanto barulho?

: Como? Não ouvi o que você disse.

: Você pode correr atrás do som que eu miti e ouvir minhas palavras.

G: Não é mais fácil você repetir o que disse?

E: Certamente, mas vamos pensar um pouco nessa ideia de correr atrás do som. Poderíamos viajar a uma velocidade superior à do som, que é de aproximadamente 340 m/s no ar. Assim, ultrapassaríamos o som que emiti e poderíamos ouvi-lo mais adiante.

G: Apesar de estranho, é perfeitamente possível imaginarmos essa situação.

(Um carro de polícia passa pela rua com a sirene ligada.)

E: Apesar de incomuns, essas situações não são absurdas do ponto de vista da física. Quando queremos explicar a natu-

reza, não podemos ficar apenas nas aparências imediatas. Observando o ruído da sirene daquele carro de polícia, surgiram-me algumas ideias.
G: Que ideias?
E: Não são originais. São ideias baseadas nas transformações de velocidade que você discutiu há muito tempo, no século XVII. Imagine que pudéssemos medir a velocidade do som da sirene do carro de polícia de dentro do próprio carro quando ele estivesse parado num sinal. Que valor encontraríamos?
G: Mediríamos aproximadamente 340 m/s, pois essa é a velocidade do som no ar quando o ar está em repouso.
E: E o motorista de um automóvel que se afasta do carro de polícia, com uma velocidade v em relação à rua? Qual o valor da velocidade do som da sirene medi[da] por ele?

$v_s = 340$ m/s

G: Nesse caso a velocidade do som (v) para ele será igual à velocidade do som em relação ao ar (340 m/s) menos a velocidade do carro em relação à rua (v). Dizendo isso em linguagem matemática $v_s = 340 - v$.

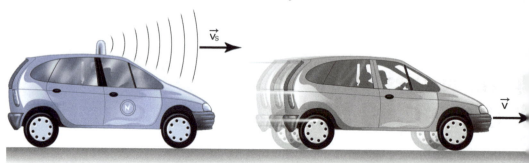

$v_s = 340 - v$

E: Imagine agora um observador num automóvel com velocidade v em relação à rua aproximando-se do carro de polícia. Qual a velocidade do som (v_s) medida por ele?
G: Novamente podemos utilizar o mesmo raciocínio. O observador obteria um valor igual ao da velocidade do som em relação ao ar adicionado ao da velocidade do seu automóvel em relação à rua ou seja: $v_s = 340 + v$.

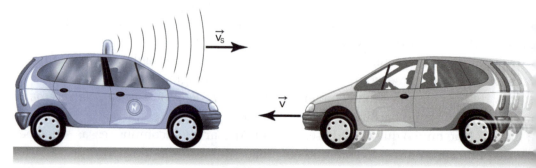

$v_s = 340 + v$

Realmente serão esses os valores da [ve]locidade do som para os três referen[cia]is diferentes. Como cada caso caracte[riz]a um referencial diferente, cada obser[va]dor medirá uma velocidade diferente [pa]ra o som. As suas transformações já [pre]viam isso, e a experiência comprova [as] previsões teóricas.
(Galileu, percebendo que está escurecendo, [pe]rgunta a Einstein as horas, pois tem um [co]mpromisso à noite.)
Em que referencial você quer saber as [ho]ras?
(Galileu não entende muito bem a pergunta.)
G: Ora, meu caro Einstein! O tempo não varia em relação às mudanças de referencial. Sua pergunta não faz sentido.
(Einstein vai contra-argumentar, mas também está com pressa. À noite vai a um concerto.)
E: Deixemos isso para depois. São 19 horas, também devo ir. Já estou atrasado.
G: Amanhã nos vemos em Copacabana, quero ir à praia. Vamos nos encontrar na recepção do meu hotel, tchau.
E: Galileu, espere! Você se esqueceu de dar a quarta dimensão. A que horas?
(Novamente Galileu não entende muito bem o que Einstein quer dizer, mas responde rapidamente, devido à pressa.)
G: Às 8 horas.

Viajando no tempo?

(Outro dia.)
G: Einstein, não entendi algumas de suas perguntas quando nos despedimos on[te]m. Você falou em quarta dimensão. O [q]ue quis dizer com isso?
E: Eu estava querendo provocá-lo, pois [go]staria que retomássemos nossas re[fl]exões a respeito das suas transforma[çõ]es de velocidade. Ontem falamos do [so]m, uma onda mecânica. E suas trans[fo]rmações para a propagação da luz, [o]u seja, de uma onda eletromagnética? [C]omo ficam?
G: Mas qual seria a diferença?
E: No seu princípio da relatividade, [q]ue trata da relatividade das velo[ci]dades, você afirma que as leis da me[câ]nica se aplicam para todos os sistemas (referenciais) inerciais, ou seja, em repouso ou em movimento retilíneo com velocidade constante uns em relação aos outros. Será que isso também vale para fenômenos não mecânicos, como a propagação da luz?
G: Não vejo por que ser diferente para a luz.
E: Então, vamos imaginar um trem em movimento retilíneo com velocidade constante v em relação aos trilhos. Admita que existam duas fontes luminosas, F_1 e F_2, colocadas nas extremidades opostas do vagão. Que valores você encontraria para a velocidade da luz proveniente de cada extremo, supondo que você estivesse parado em uma estação vendo o trem se movimentar?

21

G: Podemos proceder da mesma forma que em relação ao som, ou seja, teremos dois valores diferentes. Suponha que a luz da fonte F_1 seja enviada no mesmo sentido do movimento do trem. Nesse caso, encontraremos um valor para a velocidade da luz em relação à estação (v_L) igual à adição da velocidade da luz em relação ao éter (c) com a velocidade do trem em relação à estação (v). Em linguagem matemática: $v_L = c + v$.

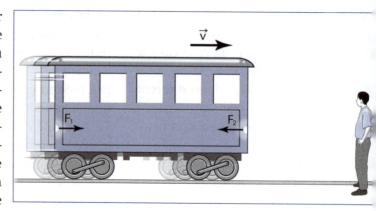

Em relação ao segundo caso, vamos supor que a luz da fonte F_2 fosse emitida no sentido oposto ao do movimento do trem. Assim, o valor encontrado para a velocidade da luz em relação à estação (v_L) seria igual ao valor da velocidade da luz em relação ao éter menos a velocidade do trem em relação à estação: $v_L = c - v$.

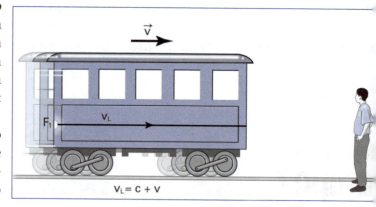

E: Se isso é possível, podemos pensar em voltar no tempo, certo?

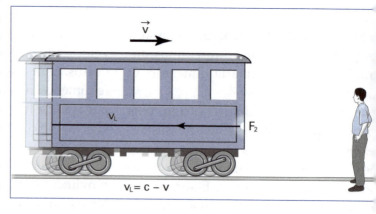

G: Meu caro Einstein, você poderia se explicar melhor? Sua conclusão não é óbvia. Não estou entendendo o que você está querendo dizer.

E: Considere o primeiro caso. Sabemos que a visão é a impressão que a luz produz na retina, em nossos olhos. Como você mesmo concluiu, a velocidade d[a] luz em relação à estação é maior do q[ue] a velocidade da luz em relação ao éte[r,] ou seja, superior a 300 000 km/s. Se iss[o] é possível, podemos supor também q[ue] um corpo pode ter velocidade superior

luz. Sendo assim, como no caso do [so]m, a luz emitida por uma fonte pode[ri]a ser alcançada por algum corpo que [vi]ajasse a uma velocidade superior à da [lu]z.

: Não vejo nada de estranho nessa [po]ssibilidade.

Vamos analisar suas consequências [co]m mais detalhes. Que fenômenos [p]oderíamos observar se viajássemos a [u]ma velocidade superior à da luz?

: Os mesmos que observamos nor[m]almente.

Tenho certeza de que isso não ocor[re]ria. Se uma pessoa viajasse com tal ve[lo]cidade, superior à da luz, ela veria os [ac]ontecimentos do mundo como se estivesse assistindo a um filme rodando ao contrário, ou seja, de trás para a frente. Isso porque ela alcançaria a última imagem emitida antes da penúltima e assim sucessivamente; veria primeiro o final do filme para depois ver o começo.

G: Como assim?

E: Vamos fazer uma analogia. Pense em um carro e um caminhão em uma estrada. O carro está atrás do caminhão, mas com velocidade superior. Nessas condições, o carro alcança o caminhão, certo?

G: Certo.

E: O carro primeiro alcança a traseira do caminhão para depois chegar à dianteira, correto?

G: Exatamente.

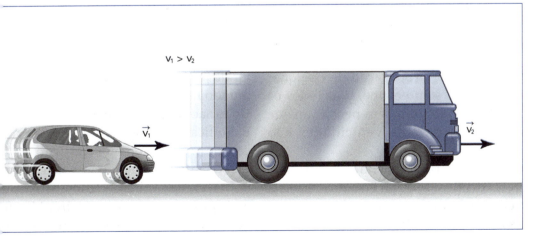

23

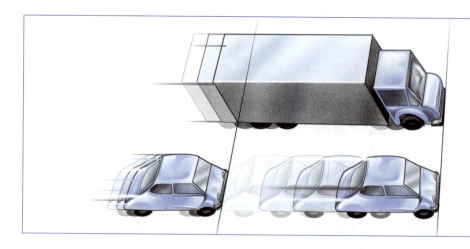

E: Com a luz aconteceria algo parecido, como havíamos dito antes: ao viajarmos a uma velocidade superior à da luz, alcançaríamos a última imagem (traseira do caminhão), depois a penúltima e assim sucessivamente (até atingirmos a frente).
G: Mas isso é um absurdo! Assim, eu me veria nesta sequência: velho, jovem e depois no útero de minha mãe.
E: Claro. Isso é um absurdo. Por isso temos de admitir que a velocidade da luz tem sempre o mesmo valor, independentemente da velocidade da fonte que a emitiu. Ou seja, ela é invariável para qualquer observador, não dependendo do seu estado de movimento.
G: Mas, se isso é verdadeiro, então as minhas transformações estão erradas.
E: Não é bem assim. Na realidade, elas precisam ser reescritas para explicar o fato de haver um limite superior para a velocidade de propagação de qualquer coisa. E não se preocupe, pois todos os físicos, até 1905, também pensavam que esse limite para as velocidades não existia.
G: Mas eu também não estou convencido dos seus argumentos. Se a velocidade da luz não pode ser superada, é um limite para a velocidade de

qualquer coisa. Então, não podemo encontrar valores diferentes para velocidade da luz. Ela será constan para qualquer referencial de obse vação.
E: Sim.
G: Então precisaremos alterar conceito básicos da física, como os de espaço tempo. Isso para ficar só com dois. E tretanto, a base desses conceitos é m nha percepção da realidade. Como po so pensar em espaço e tempo de outr forma?
E: Meu caro Galileu, realmente você ter razão no que diz respeito à necessidad de mudarmos os conceitos de tempo espaço como consequência da constân cia da velocidade da luz. Entretanto, so obrigado a discordar de você quanto ideia de que são nossas percepçõe imediatas da realidade que devem se vir de parâmetro para a compreensão d mundo físico.
G: Se não for assim, como será?
E: Se ficarmos apenas com nossas per cepções, não poderemos construir expli cações satisfatórias para os fenômeno da natureza. Afinal, vemos os corpo mais pesados caírem primeiro. Mas fc você mesmo que nos ensinou: isso só

rdadeiro quando não podemos eli-
nar a resistência do ar. E, para isso,
cê contrariou o senso comum.

De fato me opus às explicações de
istóteles. Eram teorias brilhantes,
sultado da época em que ele viveu. As
rmas de pensar estão fortemente rela-
onadas à visão de mundo de deter-
nada época. Nesse sentido, o mundo
oderno trouxe para a ciência suas
incipais características: a prática da
perimentação e da expressão mate-
ática das leis da natureza. Tais prá-
as, e muitas outras, mudaram a nossa
rma de compreender o mundo e a
tureza. Entretanto, não vejo como
terar conceitos que estão de acordo
o apenas com nossas percepções, mas
mbém com as experiências. Ou seja,
o estou prendendo-me apenas à pura
rcepção da natureza.

Isso só ocorre porque nossas expe-
ências são feitas com velocidades
uito baixas se comparadas com a
locidade da luz. Poucos são os arte-
tos construídos pelo homem que de-
nvolvem uma velocidade superior à
som. A própria Terra tem uma velo-
dade de translação em torno do Sol de
oximadamente 30 km/s. Esse valor é
uito baixo se comparado com a velo-
dade da luz no vácuo: 300 000 km/s.

: Teríamos algumas mudanças se as
locidades a que estamos acostumados
ssem próximas da velocidade da luz?
: Certamente, as consequências da
oria da Relatividade poderiam ser
otadas.

G: Mas afinal o que é a Teoria da Relatividade proposta por você em 1905?
E: Podemos resumi-la em dois postulados.

1º) **A velocidade da luz no vácuo é a
mesma em qualquer referencial de
observação. Ela é invariável para
mudanças de referencial.**
2º) **Todas as leis da natureza são as
mesmas em todos os referenciais
que se encontram em movimento
retilíneo com velocidade constante
uns em relação aos outros.**

G: Você pode explicar melhor esse segundo postulado?
E: Ele é apenas uma ampliação, para
todas as leis da física, do seu princípio de
relatividade: as leis da mecânica são as
mesmas para qualquer referencial em
repouso ou em movimento retilíneo com
velocidade constante.
G: Engraçado, você não fala nada sobre o
éter nesses seus postulados. Onde ele fica?
E: Considerando que a velocidade da luz
é constante para qualquer referencial,
então ela não é arrastada pelo éter como
o som é pelo ar. Logo, a luz não necessita
se propagar através de um meio que
possa produzir influências sobre ela.
Então, não necessitamos mais do éter. Se
não necessitamos mais do éter, por que
supor que ele existe?
G: Então a luz não é como o som, que faz
o ar vibrar. E é por isso que o som é arras-
tado pelo ar, mudando de velocidade se o
ar está em movimento ou não. Entendi!

CAPÍTULO 4

Um novo olhar
sobre os conceitos de tempo, espaço e massa

E: Agora que o problema do éter está resolvido, vamos continuar nossa conversa sobre a relatividade de alguns conceitos físicos. Gostaria de explicar-lhe que os conceitos de tempo, espaço e massa são relativos. Para percebermos isso basta trabalharmos com velocidades próximas à da luz. Vou ler para você o que escrevi no livro *A evolução da física*, escrito juntamente com um colega chamado Leopold Infeld:

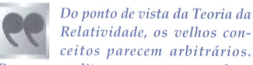

Do ponto de vista da Teoria da Relatividade, os velhos conceitos parecem arbitrários. Por que acreditarmos num tempo absoluto fluindo do mesmo modo para todos os observadores em todos os referenciais? Por que acreditarmos em distância invariável? O tempo é determinado por relógios, as coordenadas espaciais por réguas, e o resultado de sua determinação pode depender do comportamento desses relógios e réguas quando em mo-

imento. Não há razão alguma para creditarmos que se comportarão da maneira que gostaríamos."

G: Meu querido Einstein, esse texto sugere que poderíamos ter tempos diferentes para observadores diferentes? E o comprimento dos objetos variando em função do referencial de observação? É isso mesmo?

E: Sim. Qual é a sua estranheza?

G: Ora, Einstein. O texto que você acabou de ler associa tempo a relógio e espaço a régua e considera que o comportamento das réguas e dos relógios pode ser alterado pelo movimento. Você há de convir que isso é bastante estranho. Ou você não acha?

E: Como, então, você acha que devem ser as coisas?

G: Você conhece o que Newton falou a esse respeito, e isso parece não deixar qualquer sombra de dúvida:

O espaço absoluto permanece, de acordo com sua natureza e sem relação com um objeto externo, sempre constante e fixo. O tempo matemático, verdadeiro e absoluto, passa continuamente e, em virtude de sua natureza, flui uniformemente, sem se importar com qualquer objeto externo."

E: Concordo com Newton. O tempo independe de relógios, e o espaço, de réguas.

E: Bonitas palavras, porém não são apropriadas.

G: O que você quer dizer com isso? Desde que Newton escreveu o seu *Principia* e o publicou em 1687, os físicos tra-

balham com esses conceitos. Agora você vem dizer que eles não têm significado!

E: Meu caro Galileu, você, juntamente com Newton, foi um dos maiores revolucionários da história da física. Porém agora está se contradizendo, querendo se apegar à tradição e à autoridade do bom e velho Newton. As formulações de Newton, expostas por você há pouco, carecem de sustentação experimental. Não podemos falar simplesmente em espaço e tempo como conceitos abstratos.

Esses dois conceitos só têm sentido quando falamos de suas medidas. Na realidade, devemos substituir o conceito de espaço, que me parece obscuro, por movimento em relação a um referencial. Por tempo de um acontecimento devemos entender a leitura de um relógio que está no local do acontecimento. Para cada acontecimento se associa um valor de tempo.

Na realidade, tempo e espaço não são dois conceitos distintos. Na Relatividade passaremos a considerar a existência de um novo conceito que chamaremos de espaço-tempo. Lembra-se do livro *A máquina do tempo*, de H. G. Wells? É uma ideia muito parecida. Passaremos a considerar o tempo a quarta dimensão do espaço, entendendo que os fenômenos naturais ocorrem através do espaço-tempo.

G: Agradeço-lhe os elogios, mas continuo com dificuldade de rever meus conceitos de espaço e tempo. O que você acabou de expor me faz refletir um pouco mais sobre tais conceitos, mas não posso entender uma régua ou um relógio sofrendo mudanças em seus comportamentos ou em

suas propriedades quando em movimento. Por que uma régua irá mudar o seu comprimento e um relógio, o seu ritmo?
E: Sei que não é óbvio o que digo, mas devo ressaltar que também não há nada de óbvio nas afirmações de Newton, apesar de nos parecer natural que o tempo não dependa do movimento de algum observador. Na verdade, para sentirmos os efeitos do movimento sobre réguas e relógios, devemos ter velocidades próximas à da luz. Podemos afirmar também que o conceito de espaço-tempo irá substituir o de éter e resolver vários problemas da física newtoniana.
G: Estou ansioso para ver as suas demonstrações.
(Despedem-se.)

A dilatação do tempo

E: Olá! Em nossa última conversa, você se dizia ansioso por compreender melhor meus argumentos sobre a relatividade do tempo e do espaço. Pois então vamos realizar uma experiência de pensamento, semelhante à que você fez em seus *Diálogos*, quando discutiu a relação entre força e velocidade. Vamos considerar um observador O, que está em repouso em relação a um referencial R, que por sua vez se movimenta com velocidade v em relação a um referencial R'. Uma fonte de luz F se encontra a uma distância d de um espelho E colocado paralelamente à direção do deslocamento de R em relação a R'.
G: É sem dúvida uma situação bastante fácil de ser imaginada. E até mesmo de ser realizada.

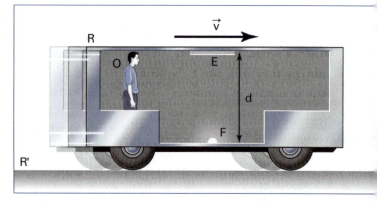

E: Se é assim, vamos prosseguir com nossas hipóteses. Imaginemos que a referida fonte emita um raio luminoso na direção do espelho, recebendo-o de volta algum tempo depois. Quanto tempo gastará a luz durante esse trajeto?

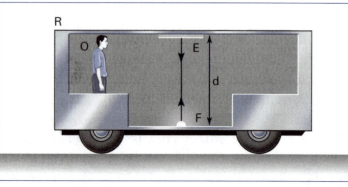

E: O tempo t será igual a duas vezes a distância d dividida pela velocidade da luz, ou seja: $t = 2d/c$.

G: Não poderia ser diferente! Vamos agora imaginar o mesmo fenômeno visto do referencial R' por um observador O'. O que irá mudar?

E: A trajetória do raio luminoso não será mais a mesma.

E: Para o observador O', à medida que o raio luminoso se desloca no sentido do espelho com velocidade c, o próprio espelho (referencial R) se desloca em relação a R' com velocidade v. Consequentemente, a trajetória vista pelo observador O' não é a mesma vista por O. Logo, a distância percorrida pelo raio luminoso nessa segunda situação é maior do que na primeira. Mas, como a velocidade da luz é a mesma para os dois referenciais (1º postulado da Teoria da Relatividade), o tempo para a luz ir e voltar à fonte, medido pelo observador O, é menor do que o tempo medido pelo observador O':

$$t = 2d/c$$
$$t' = 2d'/c$$
$$d' > d \Rightarrow t' > t$$

O tempo t será chamado de *tempo próprio*, pois ele é o intervalo entre eventos que ocorrem no mesmo lugar em um sistema de referência S. O tempo próprio é sempre menor do que o tempo medido em outro referencial.

G: Tenho de concordar com você! Se considero o tempo sempre associado à sua medida, sua demonstração não deixa margem a dúvidas. Percebo, então, que o tempo passa mais lentamente para um observador que esteja em um referencial em movimento (t) em relação a outro que esteja em repouso (t'), ou seja, o intervalo de tempo medido pelo observador no referencial em movimento é menor do que o medido pelo observador no referencial em repouso.

E: Exatamente, os relógios em movimento se atrasam em relação aos que estão em repouso. Isso é o que chamamos de *dilatação do tempo*.

G: E quanto ao espaço, Einstein?

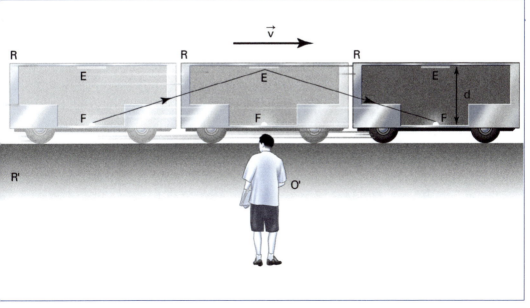

A contração do espaço

E: Podemos pensar agora no que ocorre com o espaço, ou melhor, com o comprimento dos objetos quando eles estão em movimento em relação a um referencial.

G: Teremos novamente de elaborar uma experiência de pensamento, certo?

E: Sim. Você vê algum inconveniente em tal procedimento?

G: Claro que não!

E: Não devemos cometer o erro de pensar que a ciência se faz apenas por meio de experiências. Não foi um trabalho experimental que me levou a propor a Teoria da Relatividade, mas sim a necessidade teórica de resolver impasses conceituais da física do final do século XIX.

G: Meu caro Einstein, como você mesmo disse anteriormente, eu, no passado, usei procedimento semelhante quando me opus às ideias do filósofo grego Aristóteles. Vamos, então, às novas considerações.

E: Vamos considerar agora uma régua que se encontra em repouso no referencial R'. Considere também que x_1 e x_2 são as extremidades dessa régua, de tal modo que $L' = x_2 - x_1$, onde L' é o comprimento da régua em relação ao referencial R' no qual ela se encontra em repouso. Qual será o comprimento da régua quando medida num referencial R, onde existe um fonte de luz F, que está em movimento, com velocidade em relação ao referencial R'?

G: Como concluímos que o tempo medido em R é diferente daquele medido em R', suspeito que o espaço medido em R também seja diferente do medido em R'. Tudo isso para compensar o fato de a luz ter a mesma velocidade em R e R'.

E: Exatamente! Sendo R o referencial que se move com uma velocidade v em relação a R'. A distância percorrida, num tempo t', pelo referencial R, visto por um observador O' em R', é vt'. Se o movimento de R se dá da extremidade

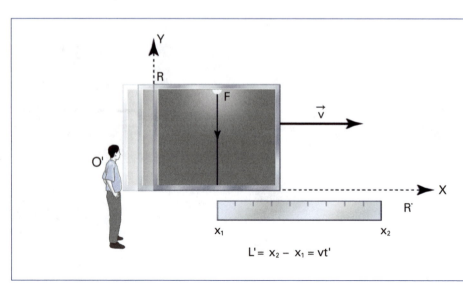

$L' = x_2 - x_1 = vt'$

 30

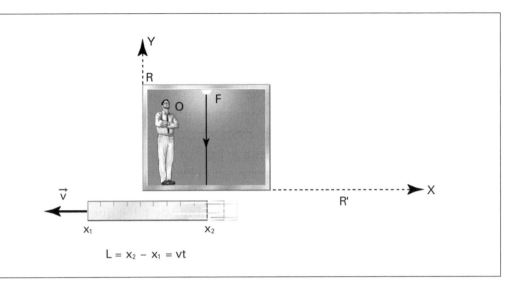

$$L = x_2 - x_1 = vt$$

té a extremidade x_2 da régua, podemos dizer, então, que $L' = vt'$, onde t' é o tempo medido no referencial R'. Já para um observador O em R é a régua que se move com velocidade v e leva um tempo t para passar pelo referencial R. Então o comprimento da régua medido no referencial R será $L = vt$, onde t é o tempo medido no referencial R.

G: Mas, Einstein, qual é a relação das experiências descritas com a constância da velocidade da luz?

E: A velocidade da luz não sofre a influência do fato de o referencial R estar em movimento ou em repouso. Portanto, como t é o tempo medido no referencial em movimento R, temos que $t < t'$. Então podemos concluir que $L < L'$. O comprimento de um objeto medido no referencial no qual ele se encontra em repouso (R') é maior do que o comprimento do objeto quando medido no referencial para o qual ele se encontra em movimento (R). Isso é o que chamamos de *contração do comprimento*.

G: Devo admitir, meu caro Einstein, que você conseguiu me convencer da relatividade tanto do espaço como do tempo. Mas você deve convir que suas hipóteses são pouco convencionais.

E: Não percebemos os efeitos da dilatação do tempo e da contração do espaço porque a velocidade dos objetos que estão à nossa volta é infinitamente menor do que a da luz. Consequentemente, os efeitos descritos anteriormente são tão pequenos para as velocidades a que estamos acostumados que podemos desprezá-los. Devido a todos esses fatos é que encontramos tanta dificuldade para compreender a Teoria da Relatividade. Uma analogia interessante pode nos ajudar a entender melhor tudo isso. Vamos supor, meu caro Galileu, que você, desde o nascimento, tivesse sido confinado a um único local do espaço, sem possibilidade de se afastar dele.

G: Não seria uma condição de vida agradável!

E: Certamente, mas estamos apenas pensando em uma hipótese. Nessa condição de vida, você teria uma visão muito particular do mundo. Não tendo a experiência de se afastar e se aproximar dos objetos, para você todos aqueles que se afastassem diminuiriam de tamanho e, inversamente, os que se aproximassem aumentariam.

G: Seria uma maneira muito estranha de ver o mundo!

E: Absolutamente! Seria uma forma perfeitamente lógica e compatível com a sua experiência de vida. Você não teria noção de perspectiva, pois ela não é natural, mas sim fruto de nossas experiências cotidianas. Portanto, vivendo dessa forma, você precisaria construir uma explicação para o fato de os objetos "encolherem" quando se afastassem e "esticarem" quando se aproximassem.

G: Não consigo criar nenhuma agora.

E: Nem eu quero isso! Até porque nenhuma teoria é construída tão rapidamente assim; é necessário muito tempo e trabalho. Mas ainda quero chegar a um outro ponto. A teoria criada a partir dessa experiência estaria de acordo com a sua percepção do mundo. Mas isso seria suficiente para que a aceitássemos como a única e verdadeira explicação?

G: Parece-me que sim.

E: Foi o que fizeram os aristotélicos da sua época, que não aceitavam o sistema heliocêntrico de Copérnico, assim como, mais recentemente, os newtonianos do início do século XX, quando se opuseram à Teoria da Relatividade. Entretanto, a partir das suas contribuições e de muitos outros filósofos naturais, passamos a incorporar a matematização e a experimentação como práticas fundamentais do trabalho científico. Nesse sentido, apenas a percepção da realidade não pode mais ser aceita como critério de cientificidade. Não quer dizer com isso que só se faz ciência com matemática e experiência. Esta última não foi fundamental, por exemplo, na formulação da Teoria da Relatividade. Contudo ela só foi aceita porque "resistiu" ao rigor da matemática e dos dados experimentais.

G: Nada como a juventude! Você me fez lembrar de fatos que já não estavam tão claros em minha memória. Acho que a idade!

E: Absolutamente! Também não sou mais nenhum garotinho, apenas tenho maior conhecimento histórico porque nasci aproximadamente trezentos anos depois de você.

G: Creio que agora já conheço toda Teoria da Relatividade.

E: Lamento desapontá-lo, mas discutimos aqui apenas a chamada Teoria Especial da Relatividade. Existe também a Teoria Geral da Relatividade, que propus em 1916. Mas não iremos discuti-la por enquanto.

G: As novidades já foram muitas, preciso de tempo para me acostumar a este novo mundo. Por isso deixemos essa outra teoria para uma próxima oportunidade.

E: Certamente, meu caro Galileu. Mas gostaria de discutir ainda um último resultado da Relatividade Especial: a ideia de simultaneidade.

G: Não poderíamos adiar essa discussão? Estou cansado, gostaria de ir para o hotel e assistir a um bom filme. Amanhã nos vemos no encerramento do simpósio!

E: Sim. Até amanhã, então!

Simultaneidade

(No dia seguinte, no simpósio.)

G: Bom dia, Einstein, chegamos simultaneamente aqui.

E: Em que referencial você está se baseando para afirmar isso?

G: Ah! Lá vem você com essas suas ideias!

E: Não se trata disso. Ontem lhe disse que gostaria de discutir o conceito de simultaneidade, e agora você me deu a deixa para isso.

G: Então vamos continuar nossa conversa sobre relatividade? Pela brincadeira que você fez devo concluir que o conceito de simultaneidade também é relativo.

E: Exatamente. Dois acontecimentos simultâneos num dado referencial não o serão em outro referencial que se move relativamente ao primeiro. Vamos mais uma vez realizar uma experiência de pensamento. Imagine um trem que se desloca com certa velocidade v para a direita. No meio desse trem existe um observador que está em repouso em relação ao trem. Em determinado momento caem dois relâmpagos sobre os trilhos, um na frente do trem e outro atrás. Como a velocidade da luz é constante, o observador não percebe os clarões ao mesmo tempo. O relâmpago que cai na frente do trem chega ao observador antes do que o outro, que caiu na traseira. Isso porque o trem se aproxima de um clarão, diminuindo a distância a ser percorrida pela luz, enquanto se afasta de outro, aumentando a distância a ser percorrida pela luz. Vamos supor que o trem seja suficientemente grande para que possamos perceber essa diferença de tempo.

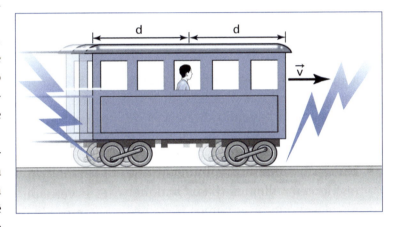

G: Certamente é o que ocorre. Haverá algum referencial em que os fenômenos serão simultâneos?

E: Certamente! Vamos tomar outro observador, em outro referencial. Imagine um observador parado numa estação vendo o trem passar com a referida velocidade v, de tal modo que o observador que está na plataforma se encontre equidistante dos pontos onde caíram os raios. Nessas condições, esse observador dirá que os eventos foram simultâneos. O que não ocorreu para o outro observador, no outro referencial.

G: Novamente concluímos que outro conceito, agora o de *simultaneidade*, depende do referencial de observação.

E: Exatamente, o que é simultâneo para um observador não necessariamente o é para outros. A simultaneidade de eventos só seria um fenômeno absoluto (isto é, que não depende do referencial) se a

33

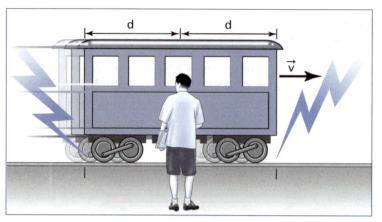

velocidade da luz fosse infinita; assim, no nosso exemplo, a propagação seria instantânea, não havendo diferenças de tempo entre os dois clarões para o primeiro observador. Podemos pensar em uma situação concreta: a imagem que vemos no céu todos os dias. Qualquer corpo celeste que observamos já não se encontra mais onde o vemos. Ou seja, estamos vendo uma imagem do seu *passado*.

G: Você poderia explicar isso melhor?

E: Tomemos o Sol como exemplo. Só vemos o Sol quando a luz que saiu dele chega aos nossos olhos. A luz do Sol demora em torno de 8 minutos para chegar à Terra. Assim, quando vemos o Sol num determinado ponto do espaço, ele não se encontra mais no mesmo local em que estamos vendo, pois já se passaram 8 minutos. Se por acaso o Sol se apagar, nós só constataremos isso 8 minutos depois. Logo, que é *agora* na Terra passado no Sol.

G: Muito interessante isso que você acaba de falar sobre o Sol. Então, imaginando uma estrela que está a 50 anos-luz da Terra, o que estamos vendo é o seu passado, como ela era há 50 anos. Ela pode não existir mais.

E: É verdade. Ao olharmos para o céu estamos olhando para o *passado*.

Você sabe o que significa a unidade ano-luz? É muito simples: 1 ano-luz a distância percorrida pela luz durante um ano. Transformando 1 ano-luz em quilômetros, obtemos aproximadamente 9,5 trilhões de quilômetros.

O novo conceito de massa

G: Será que a Teoria da Relatividade ainda nos reserva mais surpresas?

E: Não diria que é uma surpresa, mas ainda precisamos rever um conceito, o de massa.

G: Não me diga que a massa também é relativa.

E: Na realidade, o que temos de perceber é que a massa não pode mais ser entendida no sentido clássico.

G: O que você quer dizer com "sentido clássico"?

E: Classicamente, dois princípios de conservação são estudados isoladamen

: *massa* e *energia*. O princípio de conservação da massa foi proposto na Antiguidade e reafirmado no século XVIII por Antoine Laurent de Lavoisier (1743-1794), e o de energia, criado por Robert Mayer (1814-1878), James Prescott Joule (1818-1889) e outros, na segunda metade do século XIX. A partir da Teoria da Relatividade, esses dois princípios de conservação transformaram-se num só. Como a velocidade da luz no vácuo é o limite superior para a velocidade de qualquer corpo, à medida que um corpo vai atingindo velocidades próximas à da luz, cresce sua dificuldade em aumentar de velocidade, ou seja, a resistência do corpo à aceleração aumenta. Isso significa que a energia que ele está recebendo para aumentar a sua velocidade está, na realidade, aumentando a sua massa. Há uma conversão de energia em massa.

G: Meu caro Einstein, novamente tenho dificuldades de acompanhar suas ideias.

E: Não é muito complicado. Podemos converter massa em energia e vice-versa. Podemos diminuir a massa de um corpo, transformando a fração que diminuímos em energia. A expressão matemática que usamos para quantificar isso é simples, e, apesar de não podermos fazer aqui uma demonstração detalhada dela, é interessante apresentá-la. Ela é representada da seguinte maneira:

$$\Delta E = \Delta mc^2$$

ΔE = variação de energia
Δm = variação de massa
c = velocidade da luz no vácuo

G: A equação me parece bem simples. Será que funciona?

E: Sim, meu caro Galileu! Já existem artefatos cujo princípio de funcionamento, em última análise, é o expresso nessa equação. Infelizmente, a humanidade já criou artefatos demais.

G: Por que infelizmente, Einstein?

E: Porque ao mesmo tempo que se criaram aparelhos de radioterapia para tratar de determinadas doenças, criou-se uma arma extremamente destruidora e nociva à espécie humana: a bomba atômica.

CAPÍTULO 5

Relatividade
Geral

G: Einstein, e a Relatividade Geral?

E: Isso é um assunto bem mais complicado. Não sei se teríamos tempo de discuti-lo aqui.

G: Sei que você é capaz de me explicar os seus fundamentos básicos sem se estender demais.

E: Então vamos lá. Um dos aspectos que me deixavam insatisfeito com a Relatividade Restrita era o fato de que nela só considerei referenciais inerciais, isto é, referenciais em repouso ou em movimento retilíneo e uniforme relativamente uns aos outros. Ficaram de fora os referenciais não inerciais, aqueles que são acelerados.

G: Por quê? Nos referenciais acelerados ocorrem muitas diferenças?

E: Sim. A minha ideia foi associar esses referenciais a campos gravitacionais, de tal forma que passamos a ter um *princípio de equivalência*.

G: Como assim, princípio de equivalência?

E: Vamos novamente recorrer a uma experiência de pensamento. Imaginemos um laboratório sendo um foguete sem nelas, de tal forma que os astronautas que lá se encontrem não possam ver o que se passa do lado de fora. Se o foguete estiver parado na Terra e um objeto qualquer for solto dentro do foguete, o que acontecerá?

G: Ora, Einstein, até uma criança sabe que esse objeto cairá em direção ao chão.

E: Mas com que aceleração?

G: A da gravidade local.

E: Muito bem! Imagine agora que os astronautas adormeceram e só acordaram quando a nave já estava fora da ação da atração gravitacional do sistema solar.

G: Mas eles não saberiam disso?

E: É exatamente aonde quero chegar. Suponhamos que o foguete se movimente com uma aceleração igual à da gravidade terrestre. O que ocorrerá com um objeto solto dentro do foguete?

G: Os astronautas verão o objeto ir de encontro ao chão com uma aceleração de aproximadamente 9,8 m/s². Logo, eles terão a impressão de ver o objeto "cair" em direção ao chão do foguete do mesmo modo que ocorreria na Terra.

E: Como os efeitos são idênticos nas duas situações, os astronautas não saberiam se estão em repouso, imersos em um campo gravitacional, ou sendo acelerados em um local onde não existe esse campo. Foi isso que chamei de princípio de equi-

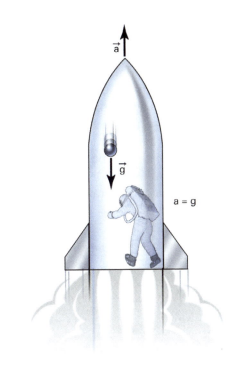

valência e que podemos enunciar da seguinte forma:

 Um campo gravitacional rigorosamente uniforme é inteiramente equivalente a um sistema uniformemente acelerado."

G: Agora ficou mais fácil entender o princípio de equivalência. Mas e a Teoria da Relatividade Geral? Qual a ligação dela com esse princípio?

A GRAVITAÇÃO UNIVERSAL

No século XVII, Isaac Newton formulou uma lei para explicar a queda dos corpos e o movimento dos planetas ao redor do Sol. A lei diz que todo corpo com massa diferente de zero atrai os corpos à sua volta, ou seja, matéria atrai matéria.

No século XIX o físico experimental Henry Cavendish construiu um aparelho chamado balança de torção, por meio do qual mostrou a atração entre pequenas massas.

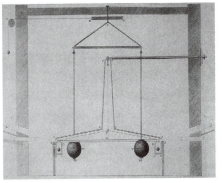

E: É preciso ir por partes. Vamos criar uma imagem que nos ajudará a entender o que estou falando. Imagine que o espaço-tempo, conceito já apresentado de maneira muito rápida, seja representado por uma folha de plástico bem esticada, e que o Sol, por exemplo, seja uma bola de chumbo colocada sobre o plástico. Onde a bola parar irá produzir uma curvatura no plástico.

G: Consigo imaginar tal situação, mas qual a relação dessa curvatura com a gravidade?
E: Pegue uma esfera qualquer e a impulsione sobre o plástico para que ela tenha um movimento circular em torno da esfera de chumbo. Você verá que a segunda esfera irá girar em espiral até parar ao lado da de chumbo. Pois bem, o Sol curva o espaço-tempo, e é essa curvatura que faz com que os corpos se atraiam mutuamente. A matéria sempre produz uma curvatura do espaço-tempo, em maior ou menor proporção, em função da sua densidade. E essa curvatura que produz o efeito gravitacional. Até a luz sofre os efeitos dessa curvatura.
G: A luz? Mas ela não se propaga sempre em linha reta?
E: Não. Ela se propaga através do espaço-tempo, e, sendo este curvo, ela não tem outra opção a não ser seguir a curvatura imposta pela presença da matéria.

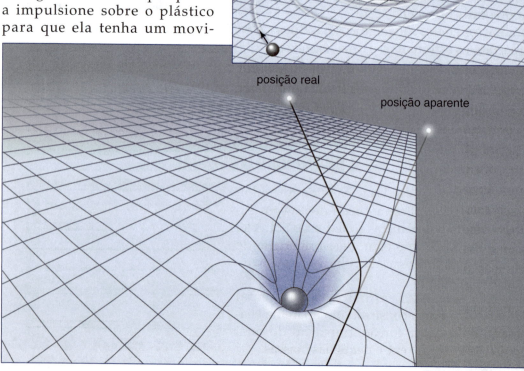

NOSSO TEMPO

BURACOS NEGROS

As estrelas são corpos que têm um tempo de vida determinado. Normalmente, durante esse tempo ocorrem reações nucleares em seu interior, onde átomos de hidrogênio são convertidos em hélio. Quando esse processo chega ao fim, a estrela entra em colapso e principia um processo de contração. Dependendo de sua magnitude, ela poderá se converter numa anã branca, que é uma estrela muito brilhante e pequena, numa estrela de nêutrons ou aquilo que chamamos de buraco negro. Este último caso ocorre quando a estrela tem massa maior que o equivalente a três vezes a massa do nosso Sol. Ao término das reações nucleares, a estrela entra em colapso e se contrai, reduzindo seu volume a um ponto. Dessa forma, como toda a massa fica concentrada nesse ponto, pode-se dizer que a sua densidade passa a ser infinita. Esse ponto é denominado singularidade. Todo o espaço-tempo à sua volta se encurva, formando um grande buraco, e assim nada pode escapar para fora dele. O limite de entrada ou saída do buraco é chamado de horizonte de eventos ou raio de Schwarzschild. Portanto, a luz que ultrapassa esse horizonte não consegue sair mais, tornando o buraco totalmente negro.

Existe uma série de vídeos feita para a TV (e que pode ser encontrada em videolocadoras) denominada Cosmos. Essa série foi apresentada e elaborada pelo astrônomo Carl Sagan. Em seu nono episódio, podemos assistir a todo o processo de surgimento e desaparecimento de uma estrela. Você poderá encontrar também nesse seriado uma interessante animação do que acontece com a luz ao se propagar pelo espaço-tempo curvo nas proximidades de um buraco negro, além de constatar o que aconteceria se uma pessoa fosse projetada para o interior de um buraco negro.

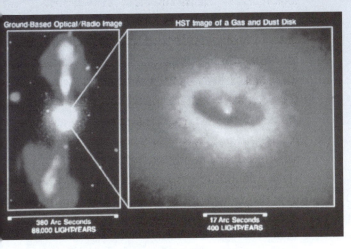

Evidência da presença de um buraco negro no centro da galáxia NGC 4261. À esquerda, a imagem obtida por um telescópio terrestre e, à direita, o centro da galáxia em detalhe, numa imagem feita pelo telescópio espacial Hubble. Imagina-se que a forma circular seja uma região de gás quente com um disco interno frio de gás e poeira de 300 anos-luz de diâmetro. Exatamente no centro, há uma região brilhante, que rodeia um buraco negro, emitindo um jorro de matéria em forma de V. A NGC 4261 está a aproximadamente 45 milhões de anos-luz da Terra.

39

G: Existe alguma comprovação experimental para essas hipóteses?

E: Quando eu as propus, não existia; elas eram apenas resultados previstos pela teoria. Mas em 1919 foram comprovadas por duas expedições científicas enviadas para observar um eclipse total do Sol. Uma foi à ilha de Príncipe, perto da costa da Guiné Espanhola, e a outra veio ao Brasil, em Sobral, interior do Ceará.

G: Como a observação de um eclipse solar pode comprovar as suas hipóteses?

E: É que durante o eclipse é possível ver estrelas no céu durante o dia e, analisando a trajetória dos raios luminosos que passam próximo ao Sol, constata-se que há um desvio. Podemos dizer, numa linguagem mais simples, que a luz fez uma curva.

G: A Teoria Geral trata também de outros fatos?

E: Sim. A Relatividade Geral nos faz compreender as alterações na órbita do planeta Mercúrio, que não podiam ser explicadas pela teoria gravitacional de Newton. Essa discrepância entre os dados experimentais e as previsões teóricas eram pequenas e durante muito tempo foram desprezadas, mas na Teoria Geral da Relatividade há uma concordância entre experiência e teoria no que se refere à órbita de Mercúrio. A Relatividade Geral envolve ainda outros pontos, mas não trataremos deles aqui, pois já nos estendemos demais em nosso diálogo.

G: Ainda uma última pergunta. Quais foram os impactos das suas teorias no pensamento do século XX?

E: Da mesma maneira que suas teorias e as de Newton modificaram a forma de fazer ciência e de ver o mundo a partir do século XVII, a Teoria da Relatividade também trouxe modificações para o século XX. Entretanto, acho que não sou a pessoa mais indicada para falar sobre os impactos das minhas teorias; deixo isso para os autores deste livro.

G: Sempre modesto, hein, Einstein? Então vamos nos despedir por aqui. Foi muito bom podermos ter esta conversa. Até outra vez.

E: Para mim não foi diferente. Até logo!

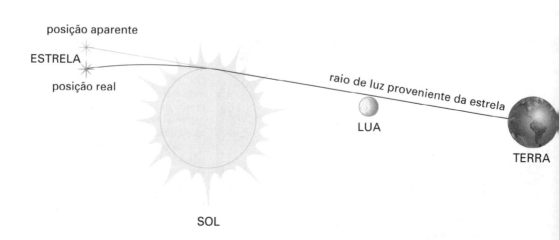

EINSTEIN NO BRASIL

No dia 21 de março de 1925, Einstein passou pelo Rio de Janeiro a caminho de Buenos Aires. Foi recepcionado por várias autoridades e cientistas no hotel Copacabana Palace, e logo depois seguiu viagem.

Em 4 de maio, ele retornou ao Rio de Janeiro, dessa vez para uma visita de alguns dias. Hospedou-se no hotel Glória e foi recebido pelo presidente da República, Artur Bernardes. Visitou várias instituições científicas, como o Observatório Nacional, o Instituto Oswaldo Cruz, o Museu Nacional de Ciências Naturais e o Hospital Nacional de Alienados, bem como alguns pontos turísticos: o Pão de Açúcar e a floresta da Tijuca.

Einstein realizou também duas conferências científicas, uma no Clube de Engenharia e outra na Escola Politécnica do Rio de Janeiro. A comunidade científica brasileira não era muito numerosa na época, mas contava com alguns cientistas que conheciam bastante bem as teorias de Einstein.

Sobre o fato de a Teoria da Relatividade ter sido comprovada a partir da observação de um eclipse no Brasil, o cientista fez o seguinte comentário ao jornalista Assis Chateaubriand: "O problema concebido pelo meu cérebro, incumbiu-se de resolvê-lo o luminoso céu do Brasil".

No dia 12 de maio, Einstein deixou o Brasil.

CAPÍTULO 6

O universo
cultural do início do século XX

As teorias newtonianas, construindo uma visão de mundo que modificou a velha concepção da Idade Média, exerceram grande influência sobre todos os ramos do conhecimento, das ciências às artes, até o final do século XIX. Com a Relatividade e outros campos do conhecimento do início do século XX se deu o mesmo.

O início do século XX foi extremamente agitado por movimentos políticos, artísticos e científicos. Todos procuravam criar novos caminhos a partir de questionamentos de velhas concepções. A Teoria da Relatividade foi uma das duas grandes vertentes de investigação da física que surgiram nesse período — a outra foi a física quântica.

Em 1907, ocorria na arte uma revolução comparável à que acontecia na física. Em ambos os campos, as noções de espaço e de tempo estavam sendo completamente modificadas.

Você já ouviu falar de Pablo Picasso? Com certeza já. Ele, juntamente com outro pintor, chamado Georges Braque, riou, em 1907, uma forma de representação espaçotemporal que ficou conhecida como cubismo.

Distorcendo completamente a forma dos objetos retratados, os cubistas romperam com as noções de perspectiva que se haviam imposto na pintura a partir da Renascença. Por exemplo, nos quadros cubistas é possível ver todo o rosto de uma figura representada de perfil, até mesmo o lado que estaria "oculto". O volume dos objetos retratados é decomposto em várias faces, que podem ser percebidas de diferentes ângulos e posições. Os objetos representados não são importantes, mas sim a sua decomposição em "partículas".

O classicismo de Georges de La Tour na obra *Natal*, de 1650. Preste atenção às formas e dimensões proporcionais e à profundidade da imagem, características das pinturas dessa fase.

Um exemplo do cubismo de Pablo Picasso: *Les demoiselles d'Avignon*, de 1907.

Natureza morta: le jour, de 1929, do pintor francês Georges Braque, um dos criadores do cubismo, juntamente com Pablo Picasso.

culo XX foi o dadaísmo. Ess movimento estava sendo de senvolvido em Zurique, n mesma época (1913) em qu Einstein havia regressado essa cidade como professor d ETH. Tanto a Teoria da Relati vidade quanto o moviment dadaísta pareciam querer abar donar as concepções cotidiana que a razão ocidental tinha d realidade. Os dadaístas que riam negar um mundo que, su postamente racional, acabou le vando a Europa à Primeir Guerra Mundial. Eles preten diam contestar todos os valo res, principalmente os estéticos, buscand atribuir valor artístico a objetos comuns o que colocava em xeque o tradiciona conceito de obra de arte. Eles buscavam enfim, rejeitar todas as experiências for mais anteriores.

É interessante perceber que a cultura do Ocidente foi buscar na da África e na da Oceania — por muito tempo consideradas primitivas — inspiração para as revoluções artísticas do início do século XX. Nessas sociedades, os artistas produziam suas obras baseados na noção de que forma e espaço não se separam; eles não se guiavam, ao contrário dos ocidentais, pela geometria euclidiana, na qual o espaço plano é constituído por linhas retas, nem pela concepção de que o tempo flui igualmente para todos, independentemente de quem o mede.

Outro importante movimento artístico surgido na Europa no início do sé-

Dois exemplos da arte dadaísta de Marcel Duchamp: *Roda de bicicleta*, de 1913, e *L. H. O. O. Q.*, de 1919.

Einstein, ao tentar solucionar as inconsistências da física clássica, recorreu a concepções de realidade que parecem absurdas para as nossas noções espaçotemporais cotidianas. Da mesma forma que os artistas de sua época, ele substituiu conceitos até então inquestionáveis, como, por exemplo, espaço, tempo, massa e força gravitacional.

A Teoria da Relatividade talvez tenha inspirado não a criação de um novo movimento cultural, mas a produção de obras específicas de alguns autores. É o caso, por exemplo, de William Faulkner, que se apropriou das ideias da Relatividade em uma de suas obras, *O som e a fúria*, publicada em 1929. No livro, a personagem principal, em seu último dia de vida, trava uma luta contra a passagem do tempo. Ela quebra o vidro de seu relógio, tentando parar o tempo, mas isso é inútil. Então, ela sai ao acaso pela cidade — uma clara referência ao fato de que o tempo passa mais lentamente quando se está em constante movimento —, imaginando que com a relatividade do tempo os relógios estarão sempre desencontrados, e assim o fim do dia, que marcará a sua morte, não chegará.

Entretanto, se as novas concepções de tempo e espaço chegaram às criações artísticas, a outra grande novidade apresentada por Einstein, a relação entre massa e energia, ficou marcada por sua ligação não com as artes, mas com a guerra. A bomba atômica foi possível a partir dos trabalhos de Einstein. Como ela foi desenvolvida? Qual foi o papel de Einstein nessa história?

O poder de destruição das bombas atômicas que explodiram no Japão em 1945 foi de 20 quilotons, ou seja, o equivalente à energia liberada na explosão de 20 mil toneladas de TNT (trinitrotolueno). As bombas de hidrogênio, mais recentes, produzem explosões na casa dos megatons (1 megaton equivale à energia liberada na explosão de 1 milhão de toneladas de TNT).

A bomba atômica desenvolveu-se a partir da ideia de conversão de matéria em energia. O seu poder de destruição é milhares de vezes maior que o das bombas convencionais. Quando a Segunda Guerra Mundial já estava praticamente terminada, em 1945, os EUA lançaram duas bombas sobre o Japão, nas cidades de Nagasaki e Hiroshima. De lá para cá, as bombas nucleares tornaram-se cada vez mais destruidoras, e vários países possuem essa tecnologia.

Em 1939, a pedido de outros cientistas, Einstein escreveu uma carta ao então presidente dos Estados Unidos, Franklin Delano Roosevelt, encorajando-o a financiar as pesquisas para o desenvolvimento da bomba atômica. Nessa época, esses cientistas acreditavam que era necessário construir a bomba antes que Hitler o fizesse. Porém ficou claro que a Alemanha não teria condições de construí-la. Mesmo assim, o projeto americano não parou e, em 1945, as bombas foram lançadas sobre o Japão. Vamos ver o conteúdo da carta que Einstein escreveu ao presidente dos Estados Unidos em agosto de 1939:

Senhor:

Um trabalho recente de E. Fermi e L. Szilard, que me foi comunicado num manuscrito, leva-me à esperança de que o elemento urânio pode ser transformado numa nova e importante fonte de energia em futuro imediato. Certos aspectos da situação que se criou parecem exigir vigilância e, se necessário, ação rápida por parte da Administração. Creio, por isso, ser meu dever trazer à sua atenção os seguintes fatos e recomendações: No decurso dos últimos quatro meses tornou-se provável — através do trabalho de Joliot na França, bem como de Fermi e

Szilard na América — que pode vir a se possível estabelecer uma reação nuclea em cadeia numa grande massa de urânio que geraria uma vasta quantidade d energia e grandes quantidades de novo elementos do tipo rádio. Hoje parece qua se certo que isso se possa conseguir em fu turo imediato.

Esse novo fenômeno poderia também con duzir à construção de bombas e é conce bível — embora muito menos certo — qu poderiam ser construídas bombas de u tipo extremamente poderoso. Uma únic bomba desse tipo, transportada por un navio e explodida num porto, poderi muito bem explodir o porto todo junta mente com parte dos terrenos circundan tes. Contudo, sei que a Alemanha real mente paralisou as vendas de urânio da minas tchecoslovacas das quais tomo posse. O fato de ter sido tomada essa pro vidência tão antecipada pode talvez se entendido pelo fato de o filho do Subse cretário de Estado, Von Weizsàcker, esta no Kaiser-Wilheim-Institut em Berlim onde alguns dos trabalhos americano sobre o urânio estão sendo repetidos.

Seu, muito sinceramente

Albert Einstein.

Até que ponto essa carta acelerou a fabricação da bomba atômica pelos Estados Unidos, já que os alemães não estavam tão adiantados nesse processo como se acreditava? Qual foi a participação dos cientistas nos fatos ocorridos em Nagasaki e Hiroshima? Não é simples responder a essas questões. Elas dizem respeito à responsabilidade dos cientistas em relação às suas atividades de pesquisa, que não são desvinculadas de interesses políticos ou econômicos. É um assunto para você pensar.

NOSSO TEMPO

OS SENHORES DO HOLOCAUSTO

O filme Os senhores do holocausto (EUA, 1989), do diretor Joseph Sargent, é um bom retrato histórico da época da construção da bomba atômica. Ele mostra que alguns cientistas buscaram financiamento para a fabricação dela e também como eles participaram de um projeto financiado e gerenciado pelos militares dos EUA. Retrata muito bem os conflitos, as incertezas, os dilemas éticos e pessoais por que passaram os cientistas que se envolveram no projeto de construção da bomba atômica, o chamado Projeto Manhattan. Vários cientistas estão lá representados, inclusive Einstein.

Esse filme nos leva às seguintes indagações: A quem pertence o conhecimento e para que deve ser utilizado? Podemos falar em neutralidade da ciência? Quais as consequências de alguns projetos científicos para a vida futura? Por tudo isso, mostra-nos a necessidade de um domínio democrático sobre as produções científicas.

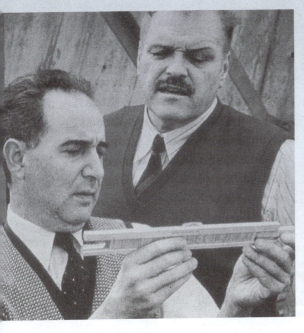

Repercussões das
teorias de Einstein

As teorias de Einstein não tiveram aceitação imediata, tendo sido rejeitadas por muitos físicos, filósofos e leigos.

Se lançarmos um olhar sobre a história da ciência, veremos que ela está repleta de situações muito mais dramáticas do que a simples recusa inicial à Teoria da Relatividade por parte de membros da comunidade científica.

Giordano Bruno, filósofo medieval, foi preso, torturado e queimado vivo durante a Inquisição porque suas ideias sobre o funcionamento do cosmo eram contrárias às sustentadas pela Igreja Católica, que detinha o poder na época em que ele viveu.

Galileu Galilei, que você já conhece, também sofreu por propor ideias novas, sendo condenado ao silêncio pela Inquisição para não ter o mesmo fim de Giordano Bruno. Recentemente, o papa João Paulo II desculpou-se pelos abusos cometidos pela Igreja Católica no processo contra Galileu.

Na época de Einstein, não havia mais o risco de ser queimado vivo, mas existia resistência a ideias novas. A história está cheia de situações em que isso se comprova. E não apenas na ciência, mas também na arte ou em qualquer outro campo de conhecimento.

No dia 28 de janeiro de 1928, 23 anos depois da publicação do primeiro artigo de Einstein, o jornal americano *The New York Times* publicou o seguinte artigo, sob o título "Um universo místico":

Galileu diante da Inquisição, quadro de Cristiano Banti, de 1857.

48

Temos chamado de fé ao exercício de crer no que não podemos demonstrar. A nova física está perigosamente próxima de provar aquilo em que a maioria de nós não pode crer, a não ser abandonando por completo as noções e formas de pensamento estabelecidas. A Relatividade traduz o tempo como espaço, e o espaço, como tempo...

Nem sequer a antiga física newtoniana, muito mais simples, era compreensível para o homem comum. Aparentemente, a compreensão da nova física está reservada às mentes matemáticas de mais altos voos. Inúmeros livros e textos sobre a Relatividade são escritos, num grande esforço para explicá-la, e o mais que têm conseguido é comunicar uma vaga sensação de analogia e metáfora, dificilmente compreensível, enquanto se segue penosamente palavra por palavra o argumento, que se perde no momento em que se interrompe a leitura. Rara é a exposição da Relatividade em que não se precisa advertir o leitor de que aqui e ali é melhor que ele não tente entender o que lê. A compreensão da nova física é como o novo universo físico mesmo. Não é possível captá-lo através de um raciocínio sequencial. Só podemos aspirar a um tênue esclarecimento...

No meio dessa confusão existe ao menos um consolo. As pessoas sérias que se consideram na obrigação de estar, assim como a ciência, readaptando sua vida à nova física podem esperar que os resultados dos novos descobrimentos tenham sido submetidos à prova do tempo, até se chegar a uma fórmula que resista ao passar de um número razoável de anos. Seria uma lástima criar uma moralidade matrimonial eletrônica e constatar que o universo é, ao fim e ao cabo, todo éter, ou desenvolver um código ondulatório para pais e filhos e descobrir que a família está determinada não por ondas, mas sim por partículas. Árdua é a tarefa de tentar entender a nova física, mas nada se perde tentando. Remodelar a vida de acordo com a nova física não serve de nada. Melhor esperar que a nova física remodele nossas vidas, como fez a ciência newtoniana."

Esse texto nos mostra como é difícil que ideias novas sejam assimiladas pela sociedade. No entanto, com as comprovações posteriores de suas teorias, Einstein passou a ter grande prestígio mundial, tornando-se um verdadeiro mito.

Exemplo ainda mais contundente da dificuldade de aceitar novas ideias é que Einstein só ganhou o prêmio Nobel de física em 1922, e curiosamente não foi pela Teoria da Relatividade, e sim pelo efeito fotoelétrico, explicação que Einstein criou para um fenômeno óptico utilizando a teoria quântica de Planck e resgatando, sobre novas bases, a ideia de que existem partículas de luz, os fótons.

CONCLUSÃO

Para que serve a ciência

A biografia de Einstein nos faz repensar nossa concepção de gênio: ele não foi um estudante brilhante, ainda que muito contestador; entretanto, em 1905, como funcionário anônimo do serviço de patentes de Berna, apresentou artigos extremamente importantes para o desenvolvimento da física. Apesar de posteriormente seus trabalhos revolucionários terem feito de Einstein uma espécie de mito, ele foi, antes de tudo, um homem que viveu intensamente o seu tempo. Teve grande importância não só para a ciência, mas também para a cultura do século XX, havendo lutado por ideais pacifistas, principalmente após o fim da Segunda Guerra Mundial. Nós gostamos de vê-lo como um homem comum, um monomaníaco, como ele mesmo dizia, que, ao dedicar-se intensamente à física, conseguiu encontrar para algumas questões respostas que outros, por diversas razões, não haviam obtido.

A ciência está cada dia mais presente em nosso cotidiano, seja apresentando aparelhos cada vez mais sofisticados, seja criando novos hábitos de comportamento ou nova organização de nossa vida. Por isso não podemos concordar com a ideia exposta no editorial do jornal *The New York Times*, o qual sugere que devemos esperar a ciência mudar nossa vida. A ciência, assim como qualquer outra forma de conhecimento, é construída por homens que estão vivendo o seu tempo, ela reflete esse tempo; não é um conhecimento neutro, desinteressado e independente dos aspectos culturais.

Assim, é importante não nos restringirmos apenas aos produtos finais da ciência, como, por exemplo, os aparelhos de radiação usados para o tratamento do câncer ou as bombas atômicas. Devemos nos informar também sobre como o conhecimento é construído, para que possamos efetivamente entender as teorias científicas.

E, no mundo contemporâneo, desconhecer as ciências significa não poder opinar sobre os rumos da sociedade em que vivemos, significa atribuir aos cientistas o poder de decisão sobre os novos caminhos do mundo e, em última análise, sobre a nossa vida.

O estudo da Relatividade mostra que os conhecimentos são provisórios. Mas isso não tira o valor e o poder de previsão das teorias científicas. Precisamos estar atentos às novidades, porém mantendo o espírito crítico: não aceitar uma ideia nova apenas porque é nova. Para exercermos nosso papel no mundo, precisamos entendê-lo e, para isso, conhecer a ciência é fundamental.

Os avanços da ciência nem sempre estão ligados apenas a interesses louváveis: às vezes derivam de interesses comerciais, políticos ou outros. Exemplos disso são a corrida espacial realizada pelas grandes potências, a qual gerou benefícios, como o desenvolvimento de satélites para a comunicação, e o projeto Guerra nas Estrelas, um programa estratégico de defesa criado pelos EUA durante a era Reagan (1980-1988).

Leitura
recomendada

Para você, que deseja se aprofundar no tema, segue uma pequena lista com alguns livros que podem ser consultados.

- *A Teoria da Relatividade Especial e Geral*, de Albert Einstein (ed. Contraponto).
  Um livro de divulgação escrito pelo próprio Einstein e, por isso, de grande valor histórico, além de ser de fácil leitura.

- *A evolução da física*, de Albert Einstein e Leopold Infeld (ed. Zahar).
  Um livro de divulgação também escrito por Einstein, em que é traçado um interessantíssimo painel da física clássica até a teoria dos *quanta*.

- *O Princípio da Relatividade*, de Albert Einstein e outros (Fundação Calouste Gulbenkian).
  Uma coletânea de textos mais técnicos, incluindo alguns do próprio Einstein.

- *Einstein e o Brasil*, de Ildeu de Castro Moreira e Antônio A. P. Videira, orgs. (ed. da UFRJ).
  Obra de grande interesse sobre a física no Brasil, retratando particularmente a passagem de Einstein por aqui.

- *Sutil é o senhor*, de Abraham Pais (ed. Nova Fronteira).
  É talvez uma das mais completas biografias de Einstein.

- *De Arquimedes a Einstein: a face oculta da invenção científica*, de Pierre Thuillier (ed. Zahar).
  Coletânea de textos relativos à história da ciência. Em um deles há uma discussão bastante interessante sobre as origens científicas e não científicas do pensamento de Einstein.

- *Einstein estava certo?*, de Cliford M. Will (ed. da UnB).
  Uma boa obra de divulgação sobre a Relatividade Geral, para quem tiver interesse em aprofundar alguns conceitos trabalhados neste livro.

- *A sensibilidade do intelecto*, de Fayga Ostrower (ed. Campus).
  Um livro sobre arte, para você aprofundar seus conhecimentos sobre os movimentos artísticos tratados aqui, bem como sobre as artes plásticas de modo geral.

Bibliografia

ARGAN, Giulio Carlo. *Arte moderna*. São Paulo: Companhia das Letras, 1992.

EINSTEIN, Albert. *Como vejo o mundo*. Rio de Janeiro: Nova Fronteira, 1981.

—————. *A Teoria da Relatividade Especial e Geral*. Rio de Janeiro: Contraponto, 1999.

————— et alii (seleção de Pearce Williams). *La Teoría de la Relatividad*. Madrid: Alianza Editorial, 1986.

—————; INFELD, Leopold. *A evolução da física*. Rio de Janeiro: Zahar, s.d.

HOLTON, Gerald. *Einstein, history and other passions*: the rebellion against science at the end of the twentieth century. New York: Addison Wesley, 1996.

MOREIRA, I. de Castro; VIDEIRA, Antônio A. P. (orgs.). *Einstein e o Brasil*. Rio de Janeiro: Ed. da UFRJ, 1995.

OSTROWER, Fayga. *A sensibilidade do intelecto*. Rio de Janeiro: Campus, 1998.

PAIS, Abraham. *Einstein viveu aqui*. Rio de Janeiro: Nova Fronteira, 1997.

—————. *Sutil é o senhor*. Rio de Janeiro: Nova Fronteira, 1997.

STRATHERN, Paul. *Oppenheimer e a bomba atômica*. Rio de Janeiro: Zahar, 1998.

THUILLIER, Pierre. *De Arquimedes a Einstein*: a face oculta da invenção científica. Rio de Janeiro: Zahar, 1994.

WILL, Cliford M. *Einstein estava certo?* Brasília: Ed. da UnB, 1996.

Os autores

Graduados em Física pela Universidade Federal do Rio de Janeiro e professores do ensino médio, os autores de *Einstein e o universo relativístico* desenvolvem trabalho de pesquisa nas áreas de Educação e Ciências:

José Cláudio Reis — mestre em Educação pela PUC-RJ, com tese na área de Educação Científica e Tecnológica. Doutorando em Engenharia de Produção pela COPPE/ UFRJ na área de História e Filosofia da Ciência e da Tecnologia. Professor do Colégio Pedro II e da rede particular de ensino.

Marco Braga — mestre em Educação pela PUC-RJ, com tese na área de Educação Científica e Tecnológica. Doutor em Engenharia de Produção pela COPPE/UFRJ na área de História e Filosofia da Ciência e da Tecnologia. Professor do Cefet-RJ e da rede particular de ensino.

Andréia Guerra — mestra e doutoranda em Engenharia de Produção pele COPPE/ UFRJ na área de História e Filosofia da Ciência e da Tecnologia. Professora do Colégio Pedro II e do Instituto de Telecomunicações do Rio de Janeiro (Intel-RJ).

Jairo Freitas — mestre em Química pela UFRJ, com tese na área de Físico-química. Professor do Colégio Pedro II e da Escola Politécnica de Saúde Joaquim Venâncio (Fundação Oswaldo Cruz).

Visite o *site* do grupo: www.tekne.pro.br
e-mail: grupo@tekne.pro.br

LINHA DO TEMPO

Antiguidade

SÉC. V a.C.	SÉC. IV a.C.	SÉC. III a.C.	SÉC. II a.C.	SÉC. I a.C.	SÉC. I	SÉC. II	SÉC. III	SÉC. IV	SÉC. V	SÉC. VI	SÉC. VII

Jesus Cristo

C. Ptolomeu

S. Agostinho

Aristóteles

Platão

Difusão da cultura grega pelo Oriente

Auge da dominação romana no Mediterrâneo

Destruição da Biblioteca de Alexandria

Péricles

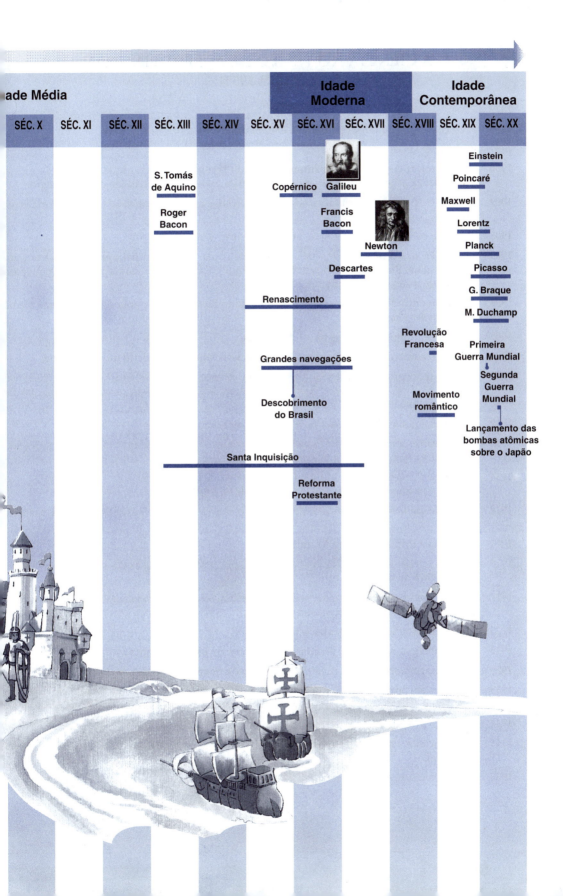

A CIÊNCIA NO TEMPO DE ALBERT EINSTEIN
(1879-1955)

1879	Nasce Einstein em Ulm, na Alemanha.
1885	Nasce Niels Bohr em Copenhague, Dinamarca.
1897	J. J. Thomson descobre o elétron.
1900	Einstein forma-se no ETH (Instituto Federal de Tecnologia), em Zurique. Max Planck apresenta as bases da física quântica, ao explicar a radiação do corpo negro.
1902	Einstein é nomeado perito técnico de terceira classe para a repartição de patentes em Berna, Suíça.
1903	Casa-se com Mileva Maric, que também é física.
1904	Henri Poincaré profere uma palestra em St. Louis, EUA, na qual apresenta as bases da Relatividade Restrita, sem, no entanto, acreditar nos efeitos que suas hipóteses trariam para a compreensão da realidade.
1905	Einstein entrega os artigos sobre a Relatividade Restrita para publicação na revista alemã *Annalen der Physik*.
1907	Picasso e Braque lançam as bases do cubismo.
1909	Einstein começa a trabalhar como professor associado na Universidade de Zurique.
1911	É nomeado professor catedrático da Universidade Karl-Ferdinand, em Praga, onde vai morar. Realiza-se a primeira conferência Solvay, em que Einstein pronuncia a palestra de encerramento.
1912	Einstein é nomeado professor no ETH e muda-se para Zurique.
1913	É nomeado, por indicação de Planck, membro da Academia Prussiana de Ciências, em Berlim. Tem início, nas artes plásticas, o movimento dadaísta.
1914	Início da Primeira Guerra Mundial. Einstein passa a ser professor da Universidade de Berlim.
1916	Einstein envia à revista *Annalen der Physik* a primeira exposição sistemática da Relatividade Geral.
1918	Termina a Primeira Guerra Mundial.
1919	Eclipse total do Sol observado em Sobral, no Ceará, onde é medida a curvatura da luz proposta pela Teoria da Relatividade.
1922	Einstein recebe o prêmio Nobel por suas contribuições à física, especialmente pela descoberta da lei do efeito fotoelétrico. Visita o Brasil.
1923	Louis de Broglie associa ondas com elétrons.
1925	Heisenberg apresenta seu primeiro artigo sobre mecânica quântica.
1926	Schrödinger apresenta a primeira formulação da mecânica quântica ondulatória.
1933	Os nazistas chegam ao poder na Alemanha. A casa de Einstein é invadida durante uma viagem. Ele, então, não mais retorna à Alemanha, fixando residência em Princeton, Estados Unidos.
1939	Começa a Segunda Guerra Mundial.
1945	São lançadas as bombas atômicas sobre Nagasaki e Hiroshima. Termina a Segunda Guerra Mundial.
1955	Einstein morre em Princeton.